# 閱讀《明室》
―隨筆寫真―

許綺玲

中大出版中心 | 遠流

目錄

自序 ———————————————————— 4

# 1
《明室》原譯著導讀

業餘頌：關於羅蘭・巴特與《明室》一書 ———— 9

# 2
《糖衣與木乃伊》隨筆選輯

糖衣與木乃伊 ———————————————— 31
一段引言的祕密 ——————————————— 37
歷史，藏在照片裡的衣褶內…… ———————— 45
手之頌 ——————————————————— 53
費里尼的機械娃娃之舞 ———————————— 61
舒曼的《黎明頌》與冬園相片 ————————— 67
攝影與巴特心目中的俳句 ——————————— 75
照片：俳句或兒歌？ ————————————— 83

納西斯自戀倒影：談圖像的指涉性本質 ———— 91

攝影的奇遇 ———— 99

誰怕照相？ ———— 107

看老照片想故事 ———— 115

巴山夜雨：照片裡外的時間 ———— 123

奇怪的照片小故事：〈攝影小史〉 ———— 129

# 3 回溯巴特寫《明室》的兩篇論文

日常與無常：讀巴特的《服喪日記》 ———— 137

尋找《明室》中的〈未來的文盲〉…… ———— 183

# 自序

「攝影與文學、文學／攝影」是筆者長年以來因興趣而經常關注的跨領域研究方向。在前個世紀末，筆者取得藝術學博士學位返國前，曾受託將法國學者羅蘭・巴特（Roland Barthes）的知名著作《明室——攝影札記》（*La Chambre Claire－Note sur la photographie*）翻譯為中文出版，當年曾獲頒時報文學非文學類「讀書人獎」。這本法國經典攝影論著一直是學界研究攝影美學文化的重要參考著作，而書本身尤其深具文學價值。原來的譯書出版後，至今已將近三十年的時光，直到2023年夏初，時報文化出版公司重新取得版權，筆者再度有了翻譯這本著作的機會，終於在2024年春全新出版。

在學術研究上，筆者雖曾在藝術和文學方面試探鑽研不同的研究主題，然而自忖多年來真正對社會有些許貢獻並曾發揮一點影響力的成果，正是起源於這本譯著，以及其後環繞著這

本書所曾撰寫的許多篇書評、攝影／文學隨筆，以及相關的學術研究論文。因此，筆者決定從自己曾寫過的不同文類文章之中，挑選十多篇，編成這部主題明確而一致的專書文集。

本書分三大部分。第一部分只有一篇文章〈業餘頌〉，是筆者為原初的《明室》中文譯本所撰之導讀評論。目前的新譯本礙於版權合約規定，並未收入，但筆者評估其內容並未全然過時，仍多少具有引導作用，故重刊於此以回饋讀者。

第二部分的性質很不一樣，是關於筆者自己的攝影與文學隨筆集《糖衣與木乃伊》，原先僅由攝影同好友人協助出版，發行過一版一刷，印量有限，但是二十多年來，於二手書市仍見有人探詢收藏。就筆者所知，其中有幾篇文章，攝影美學研究領域的教師經常會採用為教材文本。筆者因而從原來的二十四篇當中精選十四篇納入本文集，其中有七篇直接與《明室》的閱讀心得有關，另外七篇也是探索攝影／文學的隨筆小品。

第三部分則包含兩篇篇幅較長的研究論文，皆經過匿名審查、刊登於國內的重要學術期刊，也是筆者所撰多篇有關羅蘭・巴特研究的論文當中算是相當滿意的兩篇。第一篇，〈日常與無常：讀巴特的《服喪日記》〉是關於巴特在寫《明室》之前、喪母期間的私密心情日記，也可視為孕生《明室》一書的前文本，經後人整理出版，近年已成為研究《明室》

的重要一手文獻。第二篇，〈尋找《明室》中的〈未來的文盲〉……〉，是考察《明室》和班雅明（Walter Benjamin）攝影經典文本之間可能存在的各種參照、影射等互文關係。筆者也是班雅明兩篇重要攝影經典文章在台灣的最早譯者，兩篇譯文收錄在筆者取名為《迎向靈光消逝的年代》文集，二十多年來也持續是攝影研究者的重要參考文獻。

　　這三個部分的文章雖然分屬於不同的文類，格式、長短也不同，但是都緊密地環繞著《明室》與攝影／文學的思考，有高度一致的主題貫穿著這整本書。而事實上，從攝影出發，無論是巴特的《明室》或是後人的研讀闡釋，都大大超越了狹義的攝影範疇，觸及各種人文社會學所關注的宏觀題旨。如今，雖然已進入數位化影像普及的年代，巴特在《明室》中的真知灼見，或許仍對今人有所啟悟。

2025.04.07

1

# 業餘頌：
# 關於羅蘭・巴特與《明室》一書

　　《明室──攝影札記》為羅蘭・巴特最後出版的一本著作（1980年出版）。未出書前，巴特在一次訪談中已預言這本書將會令攝影專業者失望。事實上，會令專業攝影者（藝術工作者及專業記者等）感到失望的並不只因巴特似乎在擁護業餘者的「無知」，且因他對許多公共用途的相片，甚至在新聞界、攝影藝術界已有地位的作品表示不滿與排斥；而講究純粹主義的攝影評論者也的確指出其觀點之偏頗，比如這本書中所舉例的相片，除了一、二張之外，幾乎僅限於肖像照；再如和細節有關的「刺點」（*punctum*）全屬指稱物（objet référentiel）本身擁有的局部（身體局部，或直接接觸身體的物件），與「攝影」本身的媒介、材質、表現等專業特質均無關。況且巴特從過去符號學方法轉向他「個人的」現象學方法，只是讓攝影從符號學語言的宰制轉而臣服於觀者主體的語

言，似乎始終不曾給攝影本身自述的餘地。不只在攝影圈有如是負面的迴響，在文學界（巴特畢竟是一位「作家」）也受到微詞，一向十分欣賞巴特文章的蘇珊・宋妲（Susan Sontag）認為巴特在此書中嘗試以小說形式作評論，難以圓滿融合；小說內可包含精彩的評論片段，如普魯斯特（Marcel Proust）的著作即為佳例；相反的，評論或許較不宜採用小說形式。而巴特文中的憂鬱筆調也是一般評論所罕見，不免令讀者感到「不習慣」吧？

當然，《明室》一書引起的迴響，絕不限於負面觀，書出版後，多年來不斷有許多人關注討論，早已成為談攝影不可或缺的參考書；且評論者的觀點非常多樣化，除了攝影研究、文學角度的評論，主要尚有哲學及精神分析方面的探究。「反諷」的是，巴特在書一開頭即聲明辭退心理學、社會學、攝影史研究、美學研究等的論述，可是又讓這些論述反彈回撲，各自於其文中找到入口；但真是反諷與否，容後再談。《明室》一書的豐富啟發性，正反映在這多角度的回應；這本書也許正如他所討論的攝影一般：不可分類。這個定位問題實際上正是巴特關注的，書中小說與散文兩種文體的變形突破嘗試自然是有意的；而另一方面，本書內容不但討論了攝影，且提出了一種（或數種）「如何談論攝影」的可能。

套用巴特為歷史學家米席勒（Jules Michelet, 1798-1874）所寫傳記（1954）一開頭的話：「首先，須歸還其人的一致性。……尋回其存在的結構，一個題旨，或更佳的：其著迷事物組成的網絡。」事實上，巴特對新文體的尋求與其生命中一項重大事件（對他而言，應當是最重大的）有密切關聯，即巴特1977年遭喪母之慟，次年在法蘭西學院發表的著名演講：〈長久以來，我早早就寢〉（« Longtemps je me suis couché de bonne heure »）中曾詳細說明這個關聯：對他而言，喪母即其「生命旅途之中點站」，一個不可復返的轉捩點，此後，他不可能再重複過去的寫作形式。演講題目引自普魯斯特《追憶似水年華》其中一部的首句；而正如喪母後不久的普魯斯特（在此，巴特聲明以認同「作家普氏」自許；在後人整理出版的《服喪日記》〔*Journal de deuil*, 2009〕中也證實了這點），巴特亦充滿寫作的渴望，幾已成為其存在的唯一寄託與目的。寫作，為了尋找一種適合的文體和語調來迎對與包容其憂傷，進而超脫痛苦，亦即將書寫當成滌化心靈的過程；更確切言之，寫作已成為一種服喪儀式來抒解痛失之哀。這個新的書寫方式，既與其私人情感不可二分，向來須劃分主客體、以假客觀口吻進行分析的論說文已不便處理之；另一方面，「小說文類」雖弔詭地可說是「驅除迷思者或破解神

話者巴特」唯一嚮往的迷思，但他一直難以想像自己去「營造一個敘事架構——故事、情節、時態主要為未完成式與過去簡單式，並或多或少刻畫人物心理……」，即古典小說的種種結構因素須費心建組；即使做不到，也希望至少能在書寫之中加入「小說性質的」（romanesque）經驗與陳述方式。這種經驗尤其在1970年以後的著作，如其另類自傳《巴特寫巴特》（或《巴特自述》）（*Roland Barthes par Roland Barthes*, 1975），辭典式的《戀人絮語》（*Fragments d'un discours amoureux*, 1977）二書中曾嘗試過，或者再加上1969年寫成，1987年出版的《事件》（*Incidents*），以及1979年的一篇短文（« Délibération »），兩者部分類似日記體。總之，體認其私人遭遇在寫作生涯扮演的角色後，以情感為出發點，以悲愴為「閱讀力量」，促使他追尋一種小說與散文之外的第三型式（la terze forme），一種更進一步、更透徹交融或超越的形式。故《明室》一書應當可視為這一形式之體現，而為母服喪正是此書的初始動機和心理動機。也許有人會以反作者論的觀點，對「生平事件介入詮釋作品的權利與合法性」提出質疑；然而，連結構主義發展至後來亦有引回主體的趨勢，漸漸也開始研究主體在語言中的地位，主體與另一主體在溝通時的相互關係等。總之，晚年的巴特深深體悟寫作者主體的意識並非中

性透明的，且不必特別去強調潛意識，「意識」本身已充滿暗礁急流，值得重新探討。

在此，若一定要區別一個作者、敘事者與故事人物（即作者巴特；敘事者「我」；喪母、看相片、思考的故事人物「我」）亦無任何不便。而作者巴特的確在書中定位一個特別的「我」，或可說，這一面的「我」被有意凸顯，此即作為「觀看相片者」的我，站在業餘者（針對攝影之業餘民間用途）一邊的「我」，且是個經歷書中所述經驗的個別「我」。就小說體來看，《明室》兩大章皆以引入「我」為起頭：「有一天，我……」，「某一晚，我……」。就其所採用的現象學方法來看，也使這個並非「我們」、「人們」或中性的「主體」之個別我深具意義，因為在所有哲學當中，唯現象學嚴謹地指定這個幾乎有點孤獨、單獨的個體我為唯一的發言體和分析主體（Eric Marty）。我自知我在尋找，在意識：「我看，我感，故我注意，我觀察，我思考」（第 8 節）。我思考，且思考的我自知我在思考。現象學提出的是以主體之整體性出發的認識作用，可是巴特的「我」寧可無知天真野蠻，謝絕知識文化；但「寧可」一詞已明示了這並非自然狀態，而是一種刻意選擇與強調的態度，一個理想中的立場。事實上，這個巴特「我」並非真的時時為一洗淨外在知識、只存原始情感的「我」而已；

一生的生活體驗，三十年寫作經驗的巴特無處不在。熟悉巴特著作的讀者不難發現《明室》一書的大半重要觀點，如「刺點」，「此曾在」（ça-a-été）等已在他先前作品中出現過，或至少已具雛形；巴特喜愛的作家，曾為文討論的作家、作品，如米席勒、薩德（Marquis de Sade）、福樓拜（Gustave Flaubert）、布萊希特（Bertolt Brecht）、尼采（Friedrich Nietzsche）、沙特（Jean-Paul Sartre）、日本俳句（Haïku）一一織入其聯想中；不容置疑，其中最重要的必然是普魯斯特；甚至，我們亦可欣然地發現屬於巴特本身的傳記微素（biographème），比如他喜歡觀察人的手和指甲。巴特當然也並未壓抑或戒絕已內在於他的豐富文化學養：關於戲劇、精神分析、古神話、東方哲學、語言學、符號學的語言交錯其間，而在多種語言的中心，他以現象學語言為統籌者，即敘事者巴特明言選擇的方法。

　　許多評者都曾論及《明室》所採用的現象學方法，也試圖了解其扉頁上的敬語「向沙特的《想像》（L'Imaginaire）致敬」究竟何意。菲力普・侯傑（Philippe Roger）認為這個敬語只是純粹為了表示對沙特的尊敬與情感，而非真正的思想援引參考，或頂多只能說，巴特在前三章裡決心辭退一切學科，由己身出發的聲明，恰恰與沙特《想像》一書的起頭類似。芳

詩華茲・蓋雅（Françoise Gaillard）則以為除了沙特關於《想像》的題旨以及探究「像」的方法為巴特所延用之外，更應當提到沙特的小說《噁心》（*La Nausée*；台灣一般誤譯為「嘔吐」）與《明室》的關聯——或反關聯：《噁心》經由對生活中種種偶發小事的仔細描述而暗示了生之虛無，但相對的，《明室》中攝影所捕捉的意外細節，閱讀相片時對細節（刺點）的感動吸引，卻引向了一種快樂的生命觀：日常生活無處不美好有趣。艾力克・馬蒂（Eric Marty）在《明室》中觀察到的現象學「現象」更多，如上述孤單主體我之代表性思考發言位置：「我自忖」、「我心想」、「我可如是了解」，還有大量的括弧安排著文體的節奏，並將反思補充「放入括弧」（矛盾的用法），複雜的敘事時間等等。除了這些有趣的見解之外，事實上，巴特相當欣賞沙特的哲學著作文筆，尤其是早期一些久為人遺忘的作品，其文風簡練、平易，相當「吸引」讀者：藉著這樣的文筆，沙特樂於將其哲學見解廣泛地觸及大眾；而這種談論哲學的文體「魅力」（巴特重視其帶來的閱讀之樂）在沙特之後可說已不復存在。巴特深知只有這種現象學之平易、有彈性的語言，方使得類如「此曾在」的觀念得以清楚命名言表。（「此曾在」的法文ça a été，以ça為主詞，a été為謂語。ça是可泛指任何事物或東西的指示詞，屬於口

語用法。a été是être動詞〔意為「是」、「在」〕的過去完成式，謂語僅以這一動詞組成。中譯「此曾在」有點文言文，失了原文中的白話口語形式，但因ça-a-été有時被連串成一字，當作名詞用，成為一種觀念，為求簡練、順暢而不失原義，故譯成「此曾在」。）

　　大體而言，巴特的確採用了現象學大師胡塞爾（Edmund Husserl）及其學生沙特（現象學在法語世界的傳譯者）的現象學方法語言，依照「存而不論」的三種意義來推進研究：剝落、縮小研究範圍、還原（解去各種學說、教條的束縛）。換言之，現象學者的行動即如易卜生筆下戲劇人物皮爾金特（Peer Gynt）在剝洋蔥，一層層地剝，直至心中，發現是「空」，是「悟」。在巴特現象學中，客體進入意識的條件是依據個人的經驗、喜好、欲望和情感（這正是其獨特之處。以此情感原則，巴特將現象學方法個人化、私有化了），逐步朝「確定」的範圍邁進：巴特首先區分出操作者、觀看者，以及被拍者或「幽靈」；接著從觀看者立場篩選相片，第一個標準是吸引力、奇遇（幾乎有點「豔遇」之意）、我喜歡／不喜歡；其次是知面（*studium*）與刺點的分野，接著經過第一篇與第二篇之間的空白斷層而達到終極之選擇：溫室花園（冬園）相片。自此，從這唯一一張相片進行反向離心分析，發展

出如玫瑰花般一層層綻放的思考連篇。

然而，這個研究步驟並非一開始即明白訂定的，方法本身也是尋找的對象，可以說是邊寫（準備寫）邊找方法。有人認為這本分為48個章節的小書可以隨心翻閱，跳著看，隨便讀哪一章都成。然而，48個章節其實有著嚴謹的推展順序，且配合了現象學的剝落追尋過程而製造了一種故事性及研究上的懸疑效果。上述馬蒂提及的敘事時間（及時態）之錯綜複雜，其實乃因包含兩種聲音，一者指出「已經發生」，一者指出「尚未發生」——這不正如觀看相片時感受到的矛盾時間性？「時間」正是「刺點」無形的極致表現！——可惜，這個錯綜的時間性很難在中譯文裡表達透徹。現象學的追尋歷程，步步留神思量，一路小心看，因而有人稱《明室》為「哲學探險小說」。本書唯一一張未經巴特評述的相片是正文前一幀丹尼爾・布迪涅（Daniel Boudinet）的作品，內容為近乎單色的（無人）室內一角。葛羅諾斯基（D. Grojnowski）認為這張室內照即象徵了這一哲學探險的空間：布簾微啟，迎向純潔光明（純潔，即阿莉安〔Ariane〕之名〔第30節〕）；這個探險空間如迷宮一般，由時間之交錯變化所暗示，有時走過的路回頭再經過，並沒白走，而是回溯、反省、糾正、深入、豐富閱歷。

巴特既然已明白地提出存而不論的原則，那麼其觀點之「偏頗」必定絕非無心的，他原不打算討論所有的相片，而僅願忠於作為性情中人的個人感受。但是放入括弧、存而不論的方法有個弔詭而有趣的現象，即被放入括弧、存而不論的事物，並非立刻消聲匿跡（現象學者也強調這不是「否定」，而是尚不「確定」，是「存」而不論，非「棄」而不論），「我」打算存「甲」不論，則「我」先指出甲，並簡要說明何以甲不合「我」，「指出」、「說明」兩個動作都使得甲已在「我」言述中存在。因此，巴特說不談操作者，多少也提了，說不談社會政治，論及桑德（August Sander）等人的作品時，仍不免觸及了攝影與社會政治的關聯。所以閱讀《明室》應當努力體會其細膩的層次，才不致於僅看到幾個奇異的外語名詞而簡化了《明室》的整體內容。

　　另一方面，現象學中主體原本即不可能把握住客體全部，只能用意向去選擇一部分作為認知的開始，甚至作為全部的對象；換言之，客體不完全等於對象，對象包含於客體。巴特談攝影選擇的對象（意向所指）為「相片中的指稱對象（或指涉對象）」。何謂指稱對象？其於相片（想／像）空間之位置何在？為了方便說明，我們可用銀版相片的例子為準，由小至大，如是做觀念上的分辨（絕非平常觀看相片的情況）：

（1）銀粒子，（2）粒子形成的黑白灰層次面，（3）這個「面」實際上為光影留痕（包括背光、光暈等肉眼不辨，而明白顯露於相紙上之光影作用），（4）指稱複現物為拍照「當時當地」由相機鏡頭邊框切割出來之被拍者（全部或局部）：如皮耶爾（請沙特有名的舉例人物在此客串一下）的胸像，（5）被拍者，比如無止盡的天空，皮耶爾（其半胸像的指稱物為「皮耶爾整個人」），其存在原本獨立於拍照之實以外，即我們日常生活中迎對的真實世界。（1）至（3）主要為物理化學層面，（4）為過渡，與（5）可用日常生活經驗來認識、命名、描述；（4）可以說是物質性、寫實性、想像性的交集點。巴特意向所指的相片指稱對象，就在這第（4）（特定性）與第（5）（一般性）兩個層面。

　　由此，我們可以回頭談論《明室》這一書名的意義。「明室」（或描像器）並非攝影物理條件的真正始祖，然而，何以選「明室」，而不選「暗箱」作為書名？對此，評者多以第44節布朗修（Maurice Blanchot）的引文為根據來了解；確實，巴特在一次訪談中，也指出他選擇「明室」，一方面是為了故意顛倒一般之見，提出似非而是的真理；另一方面，他借這個詞欲強調攝影「毫無深度，是過去曾在事物的明顯事實，此即攝影可怕的地方。」這個解釋綜合了「即是此」與「此

曾在」兩個觀念,但攝影的可怕之處更由布朗修引文之前的括弧解說暗示出來。這個括弧簡要說明了「明室」為何種工具:「……,一眼看著被拍對象,一眼看著紙張」,這兩句既是描寫工具實際的使用情況,同時亦作為比喻:換言之,看照片時,彷彿同時看見了「相片」,也看見了「真人」;這彷彿←恍惚←幻象(hallucination)即是攝影的瘋狂,攝影之忘我:其實,就是觀看者的瘋狂。巴特說:「因為我!我只看到那指稱物,那欲望的對象,珍愛的實體(身體)」(第2節)。這句話深具意義:對所看的像中之物,「我」使用的詞三步倒退,先從語言學觀念的「指稱物」之詞,經「客體或對象」一詞,倒回「實體」(身體,肉體,即「無知」的「我」所見所了解);而虛有的幻象(hallucination)依據神經學,即指錯把心中所想之像(image mentale)當成感覺(percept)所見之物(Pierre Changeux),也就是說,「我」的腦不止製造了一個假像,且同時製造了「以為假像是真實的感受」,以為不在場的皮耶爾就在眼前。當然,很少有人在看相片時真的如此執迷不悟,但至少在民間用途中,看相片的經驗即有這一潛在的微小瘋狂、原始的驚訝。這是其他類比相仿圖像所不及的效果。何況,相片所呈現的必定是一過去存在之物,不只是幻象病者「腦中製造的假像」;此物確曾存在,不可否認,留下

了證據，我看到了就在眼前的過去存在之物（幽靈），往事歷歷如在眼前。因此，巴特認為攝影是魔術，而非藝術，遙遙呼應遠古時代圖像（代真）的魔幻魅力。對班雅明（Walter Benjamin）而言，藝術隨著人類文明的發展，已漸失去魔幻魅力。到了十九世紀末、二十世紀初，藝術的新出路，更在於以「魅力之解除」為內容與目的。唯有在民間用途裡，攝影作為魔術，仍比作為藝術或其他功用更重要，也唯有私人留藏的珍愛者相片仍舊保存了圖像的原始魅力。

　　「此曾在」，這巴特年輕時早已感受到的驚訝，亦即他後來從現象學方法找出、證實的攝影本質。「此曾在」之實，歷來談攝影的文章已多少有觸及，重要者如班雅明的〈攝影小史〉，安德烈・巴贊（André Bazin）談攝影的本體，宋妲的散文集，皆曾提及類似的觀念（三者文字往往帶有詩意，凸顯神祕美感），但並未像巴特的《明室》以之為觀念的中心，探詢的目標。1980年代法文世界談攝影的文章，多將重點放在與「此曾在」密切相關的攝影影像生成過程，試著由此定義攝影影像的媒材及符號特質（現代主義美學的關注重點延伸），作為奠定攝影美學，甚至一般藝術美學的根據。這些言論往往結合多種方法、語言（符號學、精神分析、神話研究、實證哲學、人類學等），其中一個重要參考源是以美國哲學

家皮爾斯（C. S. Peirce）的符號三元關係（指涉indice，圖像icône，象徵symbole）取代瑞士語言學家索緒爾（Ferdinand de Saussure）的符號二元觀（所指signifié，能指signifiant）來討論。這些言述或許誤用了皮爾斯符號哲學的觀念，但皆試著自圓其說。菲力普・杜玻瓦（Philippe Dubois）將史上定義攝影與真實的關係變化分作三個階段：第一階段，將攝影視為真實的鏡子，第二階段，視攝影為真實的扭曲變形，第三階段，視攝影為實物的留痕；「此曾在」之論即屬實物的留痕，即「指涉」的定義。尚－瑪利・夏費（Jean-Marie Schaeffer）更精緻地分析攝影作為符號的特徵在於本身所具有的二元張力：一方面具有指涉作用（「此曾在」），另一方面同時又有圖像式的現身在場形式。他更進一步指出：因為引向過去的這個指涉性，使（現在式的）圖像失去了自主權，不再具有一般圖像的概念性（「可能存在」），而必定得涉及一個獨特個別的「真實」存在。根據夏費，《明室》的重大啟示即在於強調「攝影圖像的縮蝕特性」。《明室》對羅莎琳・克洛絲（Rosalind Krauss）等美國學者亦具有雙重啟示：由指涉觀念出發，「攝影」、「攝影性質的」成了一種新的藝術史理論描述工具，由《明室》獲得了「方法」上的啟示；克洛絲認為攝影應視為一「理論體」，即「一種表格，濾鏡，藉之可以

組織另一個領域的素材資料」。

對巴特而言,《明室》也是繼《符號帝國》與《巴特自述》之後(且不談其他許多有關相片、油畫、插畫、漫畫、電影停格靜照的短評文),另一本關於探討「文字與圖像關係」的書。巴特向來對「看圖說話」極感興趣,喻如「古人練習作詩,推敲格律」。因「圖」永不等於「話」,「看」也絕非「說」,如何結合彼此,置兩者於何種相互關係,早已是藝術圖像史不斷更新的問題。

關於攝影圖像的觀看經驗,巴特在《明室》中提出了「知面」與「刺點」二元觀點。「知面」可廣義包括一切文化知識提供的理解圖像方式,在此省略不談。更有趣且更重要的是「刺點」的引入,在《明室》的哲思探險歷程中形成一道關鍵性的岔路,它並非《明室》中最重要的觀念,但卻是最基本、最獨特,且最受爭議的觀念。若光看第一種意義(細節性)的「刺點」,與巴特個人已有一段長久因緣,可在《明室》以前不少著作中尋得其前身的蛛絲馬跡:最相近於「刺點」的應當為描述幾幀愛森斯坦(Sergei Eisenstein)電影靜照細節的「第三意」(le troisième sens),或「鈍意」(sens obtus)。巴特以符號學語言環繞種種意象比喻,細膩無比地描述這「難以言喻」的額外之物,一難以進入明確意義系統的

擾人明顯存在。巴特自知這是因影像已抽離電影的流動畫面，固定不動於眼前，他才得以靜觀靜思。而如此看待電影之停格靜照，實際上與看待相片無異，故在《明室》中，「刺點」直接轉身為攝影圖像特有的一種觀注點，而且也甩脫了「意」，不必然有意；換言之，「刺點」成為圖像中的一個細節（就第一義而言），攝影鏡框納入的空間實物（微小）局部，往往非拍攝者意指所在，卻能觸動觀看者的情感欲望、想像（想像與回憶都將時間性注入像中），故「刺點」雖無心，卻有某種意義，言外有意、意在言外：因其存在而使圖像「有話想說」，打破了相片死寂平板的狀態。攝影涉及真實世界，取材偶發現實，以有限的調節元素來拍攝，加上拍時動作的瞬間性，諸此種種皆與「刺點」的可能存在有關；公眾相片與私人相片都可能碰上，是一種觀者被動、直覺、偏心而懶散的接收所致（有點像普魯斯特小說所述，從原本無意的小動作「不經意」地喚起重大回憶），但挑起的反應卻立即且劇烈。

關於「刺點」究竟是否只是巴特個人的感受，能否普遍化，論者歧見頗大。有自知之明的巴特在第一章章末，似乎已考慮到「刺點」的私自性難以普遍化，而也許唯有第二義的「刺點」：「時間」（其感情為「傷時」）才明顯具有普遍性。雖然如此，因「刺點」觸及個人的情和欲，為「刺

點」舉例必得「獻出自己」來，因之有學者（如Dominique Chateau）以為「刺點」即如佛洛伊德解析夢或口誤等等所著重的看似不重要的小細節，足以凝縮重要訊息，故「刺點」根本與其觀者的無意識層面有關。但也有人認為「刺點」其實不只受個人心理影響，其中有「個人記憶浮現」，也有「社會共同心理」要素，時代社會文化，皆能左右個人與「刺點」的相遇。更有學者（Jacques Leenhardt）認為巴特雖以個人經驗出發，卻試圖推思普遍真理；從浪漫主義觀點來看，「刺點」與慈悲（憐憫、同情心）尚有一項共同點，也就是指二者都處在文化之外（低於文化），先於任何社會化、文明化的修養：「刺點」描述個別現象，慈悲則指的是企及的境界。這些解釋，各見其理，尚待我們細思，但若問及「刺點」可否從觀者眼光轉至拍照者立場，又更值得慎思與好好地議論了。巴特在談「鈍意」時從愛森斯坦的電影理論，即創作者的立場來分析，想從中解出電影藝術的純影像元素；然而在《明室》中，他則專注於（觀者）一己的立場，似已了解即使有所謂「屬於創作者」的「刺點」（在面對實景拍照時），亦不可能等同於每一位觀者稍後各自感受到的「刺點」。創作者能否將「刺點」當成創作元素？不足為奇，早已有人（如Alain Bergala）大談「分心的攝影」最易掌握攝影與真實接觸一剎那的意外恩

賜。若從媒材本身去界定「刺點」，去關注攝影形式美學，恐將曲解了「刺點」的原意？或者，更有甚者，在藝術創作中追求一種類似「刺點」的意味，即追求一種拒斥「意圖性」，向「分析解釋」挑戰的藝術，這樣是否「有意義」？「刺點」的奧祕尚未完全揭曉，「刺點」的迴響尚待評估！

誠如義大利學者艾柯（Umberto Eco）所言，巴特並非屬於奉獻畢生心血，致力於建立理論體系、方法、模式等供學者援用的大師，而是以其本身的精神、態度與成就，成為典範文人。對巴特而言，寫作本身即是一種認知、學習的力行；甚至，我們認為，並不只於此……。

巴特完成《明室》一書的次年初春，便因車禍意外，引發痼疾而過世。以回顧的眼光來看，《明室》的哀悼紀念與某些特定語句常被人視為其死亡先兆。尤其在1980年，剛看過他的書，不久便聽到其死訊的讀者，必然更覺得震驚而神祕（如巴特的好友義大利小說家卡爾維諾〔Italo Calvino〕的紀念短文所言）。但是細心的讀者只要看看《明室》之後巴特所寫的短文，便可察覺其思路仍在轉變中，仍繼續不斷在肯定文學書寫的價值。無論如何，《明室》是最後出版的一本「書」，但並非其最終著作。

《明室》一書確實包含數種意義的「死亡」（巴特喪母、

相片之幽靈、死者復返、相片猶如平板死亡之化身等等），但那些被認為是死亡先兆的文句似乎亦可作比喻性的解釋：換言之，何以「攝影」的題材內容在此正契合對母親的思念文章？我們如是揣想其中一個原因：母子親情豈不是在書中被暗喻為指稱對象與攝影影像不可二分的緊密關係？作為兒子的巴特不斷為自己的不定影像而徬徨，為尋找一個真實深沉的我的形象，一個零度的「我」而焦慮；他心之所向為其母親，在母親裡，唯有在母親裡，他才確定「曾在那兒」（第16節）（不必特別強調有不少學者因而以佛洛伊德精神分析的觀點來論其「戀母情結」）；母親去世了，兒子的存在只為了見證那曾經存在的愛；母親去世了，兒子也失去了本源所依，失去了本質真理，失去了質，餘生再也不能以任何質來形容（第31節）。也許正如侯傑所言，攝影在書中雖喻為死亡的化身，《明室》一書的書寫卻是作者再生力量的表現，克服了哀傷、恐懼、絕望、瘋狂，不再「無言以對」。巴特不見得如普魯斯特希望藉著書寫而期盼企及永恆的生命境界，但至少能透過代代讀者的閱讀，寄予常存的共同記憶和追念。

　　《明室》一書所能帶來的閱讀喜樂是多面向的。因此，希望這本譯書不限於原初在台灣出版之特定領域（所謂的「攝影藝術圈」），而能激起豐富而多樣化的迴響。誕生於十九世

紀初的攝影與近代許多門新興學科為同時代產物；攝影本非語言，但其特點即在於能包容含納多種意義（是長處，也是缺憾？）。巴特曾表明他多少是與他同時代的顯學相悖，以「古老」的死亡和愛情的觀點來談攝影，卻深具創見，文思雋永。我們何不也試探更多觀點來談論攝影（以及這本獨特的書），而不帶任何的罪惡感與自卑感？

原稿寫於1994年春，巴黎
修訂於2024年夏，台北

# 糖衣與木乃伊

「很多人說糖甘甜，可是我呢，我覺得暴力，糖。」

糖很暴力？對於羅蘭・巴特在《明室》中這句奇怪且看似反常理的話，也許有人立即能體會其中的愛恨交加，深表贊同：憑著味覺經驗與記憶，直覺地認定糖的甜味的確甜中帶狠，帶了點猛烈迫人的傷害力。可不是嗎？剛嚐過了甜頭，留在口中那不再純粹、逐漸沉膩而黏黏不散的感覺，「無一可迴拒，無一可轉化」……也不是滋味！

如果換個角度，擴展時空視野，回溯一下糖在人類歷史中的角色，便可發現糖所涉及的另一種暴力，創痛更深：探究兩三百年來在地球上糖的生產與消費，以及帝國主義殖民地時代蔗糖的開發經營與運銷，可知其中包含了多少利益爭鬥，多少黑奴或殖民地人民的辛酸血淚，多少土地被偏執利用，只為了滿足帝國主義者的欲求！當又乾又瘦的農奴頂著大太陽

在蔗田裡辛苦工作，不時還得忍受工頭的怒斥鞭打時，歐洲的王公貴族卻在奢華豔麗的沙龍裡，以肥嫩的手指優雅地拎起在精美銀器中的一顆咖啡色方糖往嘴裡一扔（「嗯……！再來一顆？」），男男女女，狂笑諷語不斷，淹過一旁演奏的樂音；仔細看看，個個因甜品（特別是巧克力）嗜食過多，滿口蛀牙，黑黑爛爛的，不比端上甜點來的鄉下女僕，輕露一口潔白美齒（隨著時代，總有某些病症成為特定社會階級的身體符號。現今，蛀牙的毛病事小，且不提糖引起的其他各種疾病：肥胖症、糖尿病等，都相當難纏）[1]。如此，人類因糖的文化，的確自作自受，承受了不少暴力。

不過，一向也關注社會，關注歷史與人類命運的巴特在此會提到糖的暴力，想到的可能不是糖的社會經濟史。「我覺得暴力，糖。」這句引言是出自《明室》第二篇第37章：〈停滯〉。巴特正哀慟無比地看著已逝母親年幼時拍的一張相片，即「冬園相片」，他感嘆攝影「沒有未來」，沒有現象學所言的「前瞻性」。他寫道：「**攝影**——我的**相片**——沒有文化修養：傷心時，它不知轉化悲慟為哀悼服喪。如果有這樣的辨證思想，即克服墮落，化死亡的負面性為工作的力量，那麼，**攝影就是非辨證的**：因為**攝影**正如變質的戲劇，死亡在其中無法『自我觀照』，自我反照，自我內向化……。」相中人有如希

臘正教禮拜堂裡的聖像，保存隔離在冰冷的玻璃內。時間，在相片裡已「梗塞不通」，處於停滯狀態；最有甚者是這種停滯性更挫止了觀相片者喚起回憶的希望：因此，照片的暴力並不在於拍照內容為何，而是因其本身「死亡」的本質，使得看似栩栩如生的相中之物，卻已真真無可奈何地永遠停息在內。雖死寂卻又鮮明歷歷的相片「一次一次地**強迫塞滿視界**，照片裡頭，無一可回拒，無一可轉化」。最後，巴特在括弧內又加上暴力的糖這句奇怪的聯想作結，未再多作解釋。

照文章如此的推演過程，從攝影的暴力連接糖的暴力，如何將停滯、無可轉化、冷冰冰的玻璃、強迫塞滿視界等等這些死死的攝影絕望，借著甘甜的糖來譬喻？糖亦會有同等性質的暴力？換言之，糖如何可以就近參與死亡？

法國美食學專家布希亞－撒瓦涵（Anthelme Brillat-Savarin, 1755-1826），也許可以為我們提供一個可靠而有趣的答案。布希亞－撒瓦涵是美食家，也是飲食文化研究者，寫過一本有關美食品味面面觀的經典著作傳世（*Physiologie du goût*, 1826）。他大概也常有機會品嚐來自亞熱帶的巧克力與方糖，一邊思考著吃的藝術與哲學，然後擦淨手指、專心寫作。二十世紀以來，在各種意識形態之學術研究都有意忽略「感官享樂」的時代，布希亞－撒瓦涵著作的題材原本處於正典文學

主流的邊緣,可是他那有時充滿機智又故作嚴肅的奇想卻頗能吸引羅蘭・巴特(自言有他享樂主義者的一面)。1975年,巴特便曾撰寫序文評述這本名著[2],其中有短短的一段,提到了「死亡」與糖出人意料的某種關聯:

那麼死亡呢?死亡如何進入一位其題材與風格都堪稱「美好生活」(bon vivant)典範的作家文章裡?沒錯,死亡僅僅以微不足道的形式出現在其文中。B.-S.(布希亞-撒瓦涵)從糖可以用來保存食物,罐裝久存的家常事例,推想自問:何以人們沒有想到利用糖來作為保存屍體的防腐香料:美味的屍體、糖漬蜜餞、裹上糖衣、作成糖葫蘆!(好個離奇古怪的想像,不禁令人想起了傅立葉〔Fourier〕。)

(愛情之歡享總不斷地——經由多少神話故事——與死亡相連,可是食之豐饗卻沒有這等文學待遇;就形上學來講——或就人類學來講——食之豐饗是一種沉濁無光澤的享受。)

巴特寫這段文字顯得冷靜理智,還作了互文本與不同領域學門的參照思考。是否日後他在喪母的不尋常心境裡,突然悟得攝影豈不正如糖衣那般,活活地裹住相中人,那糖衣木乃伊有點令人毛骨悚然的想像才在巴特的心中發酵起來,忽而深感

其暴力恐怖,我們便不得而知了。而巴特在《明室》這個表達悼念卻無以釋懷的章節裡,只簡言地(「微不足道」地)影射「糖很暴力」而不去解穿源由,也許是為了保持該章節一貫的憂傷悲憤口吻,不願讓糖衣木乃伊之喻一旦明言,忽然迸發黑色幽默的詭異語調吧?

---

1 這個歐洲大革命前,王宮貴族猛吃糖,爛牙貴族對比美齒女僕的諷刺畫面,是得自一個德語電視台歷史探索報導節目的內容,該節目以生動幽默的方式,交插各種史料及演員古裝扮相演戲來解說糖的社會經濟史。節目中也不失公正地指出,糖不見得總是有害身體,必要時也可救人:貴族仕女悶在室內一整天,嬉笑過度,以致一時昏了過去,這時趕快遞給她一塊糖吃,再打開象牙骨摺扇為她輕輕地搧風,她便慢慢醒了過來,晃動一頭的髮捲⋯⋯。
2 Roland Barthes. « Lecture de Brillat-Savarin », *Essais Critiques IV*, *Le bruissement de la langue*, Paris: Editions du Seuil, 1984.

# 一段引言的祕密

「影像的本質完全在於外表,沒有私密性,然而又比心靈深處(for intérieur)的思想更不可企及,更神祕;沒有意義,卻又召喚各種可能的深刻意義;不顯露,卻又表露,同時在,且不在,猶如美人魚西恆娜(Sirènes)的誘惑魅力。」

巴黎公寓(作者攝)

羅蘭・巴特在《明室》第44節引用了布朗修（Maurice Blanchot）這段話。引用他人的文句是文學互文裡技術上最簡單的一種。把文句原原本本地抄錄過來，框上引號，以明示鑲入外物的邊界，不管是否即刻載明出處，引號都已在強調對引文的公開借用，同時更標示了引文的片段性（擷取自另一長篇文章的斷片），以及引號內文與引號外之文本間的不同體質。引文是一門學問，一項藝術：引句切得適恰，縫得美妙，則會使內外文相得益彰，產生烘托、對話、激盪，甚至驚奇之效。一般引文，多是以他人更具權威性的話來強化自己的論證，鞏固其真理性，不然，至少也有綴飾之功能。不過，有的時候，引文還能發揮更複雜的功用，激起無限的波濤盪漾——有如傳說中海妖那魅人的歌聲。

　　巴特引用布朗修，為何目的？從何而來？如果我們願細心探究⋯⋯。

　　先看接納引句的文本自身吧。第44節的小標題正是「明室」（Camera lucida），指一種古有的描像器，早在攝影發明之前便已存在。素描者描繪一個對象物時，透過描像器裡的一道三稜鏡，可以「一眼看著被畫的對象，一眼看著畫紙」。巴特藉著這樣簡單的用具說明，由其字面轉而取其象徵之義，點出攝影影像所勾起的幻象錯覺：一眼看⋯⋯，一眼看⋯⋯，

也就是說，**同時地**，明明看著相紙上印的人，卻以為真的見著了本人！因而相片指涉的對象，（好像）在那兒，卻又不在那兒（但曾在那兒）。藉此，巴特再次說明了「扁平」相片的本質，是那無以更深入說明的「此曾在」。正是因這本質違反了矛盾律（即某物不可能同時是甲又不是甲）且植基於這樣的悖律，故引用布朗修那段詩意的話便顯得適切而巧妙，指出那不可穿透的外表下，卻有無盡深邃的凝想空間。相片所能喚起的記憶、想像或期盼，遠遠溢出那小小的四角框限，平板之「像」卻是無底無形無邊的！

然而，巴特是在斷章取義。布朗修在引文中提到的「像」，並不是攝影影像，而是文學的意象。追溯引文出處原來的題旨有時是有必要的，可以讓我們洞察潛在的意涵。而互文之所以能徹底發揮妙用，經常是有賴於讀者與作者之間的默契，即讀者要知揣測作者未明言而僅僅暗示的。引文引號內的文字必然是特意節選摘錄的，引文雖以殘斷形式進入新的文本語境，卻總是與其原出處保持著換喻式的（métonymique）連接關係，仍為原出處不可絕裂的指涉。

布朗修的那段話是出自一本談論文學創作的散文集《書將來》（*Le Livre à venir*），篇名為〈海妖西恆娜之歌〉（« Le Chant des Sirènes »）[1]。而引文則是在該篇第二部分：〈普魯

斯特的經驗〉（« L'Expérience de Proust »）。布朗修在其中談到普魯斯特如何完成了他與「西恆娜之歌相遇」的經驗，如何邁向了訴說的可能，進而確定了自己的作家使命與志願，確認自己的寫作天賦，並且掌握了文學的本質：照布朗修的說法，就在那一刻，普魯斯特感受到「時間轉化為想像空間」，轉化為「不斷在變化的空無」，轉化為「不斷在動的『不在』，其中沒有事件遮掩，沒有『在』來阻擾。」這樣的變形，即普魯斯特所謂的隱喻（métaphore）：不是去寫心理內在，而是讓一切向外開展，成為「像」而再現。布朗修的那段引文就在描繪這本質矛盾的文字意象。

　　巴特借用這個文字的意象，轉以定義攝影影像，可是，他真是在斷章取義嗎？或者說，他只是在斷章取義「而已」嗎？當然，關於文字的意象，或說隱喻，我們很容易從布朗修的話中找到與巴特談攝影時同樣關注的現象（和相近的辭語），如時間之化為像，在與不在等。如果我們再仔細上下尋覓，還可以找到布朗修舉了文學敘事中的「時間的狂喜」、「死亡」等等，而巴特在攝影的領域裡也同樣論及這些字詞觀念（當然，絕不能簡單地對等）。不過，這些只是容許這段互文作用之最直接、最明顯、屬於第一層次的銜接點而已。

　　布朗修分析普魯斯特如何進入寫作經驗，如何突破疑慮，

使過去生活經驗中的無數材料找到文學作為另一生命寄託。這個關於寫作的主題不正以隱喻的方式與巴特這本書兩相呼應？第44節的標題是「明室」，指那描像器，但是巴特為攝影、也為紀念其過世的母親所寫的書，也叫《明室》。巴特說，對著攝影明顯自證的「此曾在」本質，感到無可奈何：「可嘆的是相片越是明確，我越是無話可說。」巴特這整本書的一個主題正是如何進入寫作，如何克服「無話可說」的僵局，這不也是布朗修所描述的，是一段尤里西斯期待與西恆娜之歌相遇的航程（文學家侯傑〔Philippe Roger〕正是用這段神話比喻，將巴特比作尤里西斯，克服了恐懼、憂傷與瘋狂的威脅，歷劫歸來，轉身成為敘述者荷馬）[2]？《明室》既是書中待寫的書，也是已完成的書；換言之，《明室》的內容即是關於寫作者如何寫成該書的思索掙扎經過。這也是普魯斯特的鉅著《追憶似水年華》中的一大主題。

巴特在《明室》中曾多次引述普魯斯特，也一再以相片比較文學，驗其敘事及追憶之效。普魯斯特是晚年的巴特越來越親和並深以自許的作家。也許，他透過布朗修這段小小的引文，思及普魯斯特的寫作經驗，也同普魯斯特一樣，他感受到時間的壓力，感覺自己在死亡的陰影之下，欲傾其餘年之心力去實現寫作的唯一珍重職志。如此看來，布朗修的引文豈不正

如那疊合雙像的三稜鏡？透過它，一邊是談作為描像器的「明室」，一邊又隱射作為書或寫作計畫的《明室》；或者，還有另一層映射：透過它，我們一眼讀著巴特，一心又想著普魯斯特。

關於「明室」，可再附帶引述一個不同的看法，算是另一則互文吧。相片自己說不來的，文學幫忙說了，多少因為如此，上文提到的侯傑，便以為在巴特的心目中，文學必然優於影像。侯傑認為在「明室」描像器那幅小圖裡，被畫對象（年輕苗條的盛裝女子）與畫者（俊秀的青年）之間的輕挑模樣，

明室或描像器[3]

很曖昧,正是在暗示影像之輕薄輕浮。不過,我們倒不見得要同意侯傑有點過度詮釋傾向的看法,頂多可從其說法去連接巴特提過的攝影奇遇(豔遇)。畢竟巴特引用「明室」為喻,強調的還是照片那真假、虛實的迷惑魅力。

1 Maurice Blanchot. *Le Livre à venir*. Paris: Gallimard, 1959.
2 Philippe Roger. *Roland Barthes Roman*. Paris: Grasset, 1986.
3 翻拍自*La Chambre Claire—Note sur la photographie*書封面。

# 歷史，藏在照片裡的衣褶內……

　　羅蘭·巴特在《明室》裡常常提到照片中人物（或身體）的服飾細節，如世紀初美國黑人女子的腰帶、皮鞋扣環與項圈、男性的內褲織紋紋理、小頭病孩兒的但敦式大翻領、鮑勃·威爾森的大腳籃球鞋、維多利亞女王寬鬆的蚊帳長裙，還有一旁牽馬師穿的蘇格蘭短裙，甚至連同被比喻為（輕薄）相片的費里尼機械舞孃，那「有點兒荒唐的」髮冠羽飾及「白色多縐褶的粗絹絲手套」等，多半與觀者不可言喻的迷戀注視點（「刺點」）有關。這些「貼身」之物，環著身子，讓觀者的視線爬沿著身體與衣服的交接邊界，如何不引人揣思潛在而有所偏袒的戀和慾，或者，更是曾經失落而未知的（個人史）記憶轉移？

　　當然，照片還讓巴特一目瞭然地得知遠地他方人民的穿著習慣，滿足他在人類學、民族學等方面的好奇心。這其實也是種尋常反應：我們看照片裡的人，尤其是「老照片」裡的人，

總不禁要特別注意衣飾，總不忘要談談服裝。現今罕見的晚清婦女肖像照，就常被用來說明「裹小腳的舊習」。無論相中為何許人，今人寫的圖說，常指示我們去注意那一兩個小三角形（異於我們的大腳），露出於彩繡寬邊褲腳下。鞋主的個體存在，消融於「為集體代表示範」的歷史解說當中，彷彿無以釋然的是數世代女子的一生，竟都糾結於此：小鞋的沉重歷史……。

拍裹小腳婦人的照相師大概不會意識到小鞋的歷史性與負面的社會意義。而活躍於1930年代威瑪德國的攝影家桑德（August Sander），無論他自己是否意識到，日後，約翰．柏格（John Berger）[1]卻伶俐地比較他所拍攝的農夫肖像與新教傳教士照片，指出身體姿態與服裝之間洩露的階級差異性：布爾喬亞的西裝革履適宜的是四體不勤的城居生活與辦公室的工作方式；穿在農夫身上，便無意中暴露了那服裝所代表的社會階級觀，以統御的關係施加在他們的身上。特別是在拍照當下，定影住農夫裸露的臉和手，以及整個裹在衣服下，終年勞動的粗壯身型：豈不都在與西裝作對？

如果人的身體型態能左右外衣，外衣不也在規範著身體型態（且可能比我們想像得更加厲害）？身體會隨著環境、時代、審美標準、生活習慣和飲食等而改變，但總不比衣服變

得快而明顯（且越來越快），更可輕易在完全以靜態視像呈現的照片中標註時間之過往，把我們的現今與相中人的過去，明白地割劃開來。因此，除了教我們認知風俗，進而批判社會之外，照片中的衣飾悄悄喚起的，正是不可抹滅的歷史感。時間，就棲息在相中人的衣服裡。因此，班雅明要我們仔細端詳謝林（Friedrich Schelling）的外衣，說謝林「如此穿著，可以信心飽滿地走向永恆了：因外衣在穿者身上取得的形態並不比他臉上的皺紋遜色。」[2]

謝林肖像（局部）

對於藏在衣服裡的歷史感與社會性，巴特的看法其實有部分與柏格很相近，只是他（以「他的」現象學之「我」）從己身觀點出發，前瞻後顧。以「我」之存在為準，他將歷史視為我之缺席：「在我出世前我母親生存的時代」。於是大寫的歷史（Histoire）相對於個人的故事／個人史（histoire），特別在觀覽母親的老照片時，充分意識到二者潛在的衝突；如果和母親共處的時光，留下的是實體經驗記憶（「注視著一張我孩提時她摟著我的相片，我卻能在心中喚起那縐紗的輕柔與化妝粉的清香。」），而見到母親於相中穿著過去的時裝（而成為其示範者）時，則不得不讀到服裝隱含的歷史性「主宰」，且這樣的（文化）主宰會導致很嚴重的（自然）個人損傷，差點兒壓抑了母親原有特質的率真表露，令巴特十分「驚訝」，但又無奈如何抗拒那作為身外物來承擔的歷史符碼（這一切特別是發生在照片裡）。這時他所恐懼的，或許正是見其母親失落了個體之獨有性，被吞噬於「普遍」之中；而她身上即使再華美的衣著，也無法與巴特有所親觸感受了（而我們不禁又想到班雅明的那張卡夫卡童年照；也想去探尋「每一位」裹小腳婦人自己的故事，縱使個人史和歷史的劃割是不可能的。巴特雖憐惜母親，亦非不明白這點！）：

就其中許多相片來看，將我和它們分隔開的是**歷史**；而歷史，不正是指我們尚未出生前的時代？從我對母親尚無記憶前她曾穿著的衣服，我讀到我的不存在。看到熟人穿著不一樣也會感到驚訝：如一張1913年左右拍的相片，我母親盛裝打扮，頗有都會風采，窄邊軟帽、羽飾、手套、領圈和袖口微露纖巧的襯衣，這身「時髦」的打扮卻與她純摯溫柔的眼神毫不相稱。這是我唯一一次見她這副打扮，為**歷史**（品味、流行、織物）所主宰；我的注意力也因此從她身上轉向不復存在的服飾配件；服裝終會消毀，心愛的人彷彿又一次死去。

品味、歷史、時間，加上一再被人提及的社會階級差異，如何在時裝上頭交互作用，克洛德・西蒙（Claude Simon）以小說家的直覺，一針見血地指出來，可以說，令「人要衣裝」的有錢人和窮人同感難堪！（最反諷的是一般用以彰顯社會地位的肖像照這時反而成了躲不掉後人審判的笑柄了。）在以時間為主題的小說《草》（*L'Herbe*）[3]，西蒙經常透過劇中人物路易絲（Louise）的眼光來抒發觀看照片的感想。以下是這位似乎與敘事者不斷交融重疊的女主角，正凝視著一張二十世紀上半的婚禮照，是她婆婆年輕時——當時是個蒼白纖弱的新娘，被臨時取了個綽號「薩克斯瓷娃兒」——的婚禮宴賓大合

照：

　　……伴娘和男儐相、為了慶賀薩克斯瓷娃兒的婚禮專程趕來的表兄弟或姊妹淘，男士們和他們那過時的髮型、中分的髮線、鬍子、過時的服裝，他們那過時的、造作的、戲劇化的身姿，可能會讓人誤以為是咖啡店的小弟或者小店家婚宴上的賓客（因為，好像稍隔點兒時距來看，窮人與有錢人恰恰有著完全相同的品味、相同的舉止、相同的裝扮，只是差個幾年的時間罷了，所以，真正可以區分窮人與有錢人的，不是〔像窮人以為的〕有多點兒或少點兒錢的緣故，也不是〔像有錢人以為的〕因為有什麼天生的優越或優雅的神氣，而僅僅只是時間的問題，也就是因他們處在時間裡的不同位置，這就是為什麼，老照片裡的有錢人在我們看來總像是屬於某個很俗氣、很土的社會類別：因為前回我們看到人家這樣穿，這麼擺，正是那些社會階層較低下的人，他們在模仿有錢人的樣子，只不過遲了些時候才得以如此穿著）。

　　（不過，話說回來，如果時距再拉長一點，現今的服裝設計師也經常從老相片裡去汲取靈感，使得古早人再一次看起來很時髦，令人時空錯亂又很驚喜……）

家族老照片。台南市，
約1930年代[4]

---

1 約翰・柏格。〈西裝與相片〉，《影像的閱讀》（劉惠媛譯）。台北：遠流，1998。
2 華特・班雅明。〈攝影小史〉，《迎向靈光消逝的年代》（許綺玲譯）。台北：台灣攝影工作室，1998。
3 Claude Simon. *L'Herbe*. Paris: Editions de Minuit, 1958.
4 翻拍自家族老照片，作者自藏。

# 手之頌

「看!那雙手,活得多麼自由自在,不為功能召喚,不受祕密負載——憩息時,手指微屈,好像沉醉於夢想,或者只純粹是個姿態,無用的姿態,優雅、靈活:彷彿在空中描畫著變化多端的種種可能,無拘無束、也無目的;一邊和自己玩遊戲,一邊又準備參與下一步的有效動作。手可以藉著燭光,對牆投影,模擬小動物的舉動、剪影;可是,當手什麼也不模仿時,顯得更美。」

法國藝術史學家福西雍(Henri Focillon)在《形之生命》(*Vie de formes*)[1]一書中頌讚人類靈巧的手,尤其是藝術家與藝匠,雙手萬能,將美的意念賦予具體的形與生命。手的外觀構造,五根長短不一的手指加上一片手掌;內在骨架,由二十七塊骨頭組成,足以完成大大小小無數生活中的任務,作出千百種風情姿態。手的造型本身就是藝術,就是美的表

現；同時也是會思考的存在。因此，那歇息著、無所事事的手，福西雍也懂得欣賞讚美，說：「休息時，手隨意放鬆地擺在桌上，或順著身子自然垂下，但絕非沒有靈魂的工具：行動包含的習慣、本能與意志，正是手的思考。」

自古至今的畫家和攝影家對手的造型與表現力都極感興趣：掌握手與手指間細膩複雜的三度空間以及明暗、質感等等造型元素，並非容易的事，畫家往往需要特別就手的局部（將身、手分離）作素描練習，許多原本是習作，現今看來卻不啻完整自足的傑作。比如杜勒（Albrecht Dürer）筆下合十祈禱的雙手，充分流露出虔敬深厚的宗教感；梵谷以炭筆刻畫農夫彎曲（嶙峋！）的手，持叉子叉起一塊馬鈴薯，那粗短的手指節瘤與海德格（Martin Heidegger）關注的舊靴子一般，同樣在訴說著農夫在天地自然間辛苦奮鬥的生命。在攝影藝術中，手的姿態在肖像照裡亦扮演著相當重要的角色，不僅是構圖的要素，也可以傳達訊息，補充顏面、身姿的表情（或形成矛盾衝突）。畫家席勒（Egon Schiele）最善於在他的肖像照裡擺弄他那傀儡木偶般骨瘦纖長的手指。十九世紀中葉以來的攝影肖像沿襲了繪畫傳統，發展出固定的姿態語言，如以手輕觸太陽穴、或手掌托捧下巴，一直是文人、沉思者和知識份子的身分標記（如常見的大文豪雨果肖像）。同樣地，早在十九世

紀,獨立框出的手部特寫也很常見,或是為了科學研究分類,或是給畫家當習作臨摩參考,或是純為欣賞其造型與質地之美(包括優雅之美,也包括醜怪之美〔grotesque〕)。1860年代法國第二帝國時期,風靡全法的卡絲提李優尼伯爵夫人(Comtesse de Castiglione)雖不願在相片中坦然拋頭露面,卻自己將身子一點一點地吝於顯露鏡頭前,好像深知自己作為拜物偶像,有足夠的魅力可以如此分段局部地施捨,誘惑力竟也更強大。

　　福西雍欣賞生活中實在的手,以及那些畫中、相中的手局部特寫,都是將手視為一個被觀察的對象。人對自己的手當然亦可作如此客觀化的審視賞析,然而手之於其相連的身子卻有一種奇妙的關係。手是眼睛之外我們認識本身身體最直接的感知工具,現象學者形容:「當我觸摸自己的〔或他人的〕身子,我不僅發覺同樣在其他物品上頭能感受到的感覺性質(如柔軟、冰涼等),同時也發覺到,在其表面立即生成了一種主動的感受性(sensibilité),因此,正在觸摸的手自己也變成了被觸摸的對象。」這樣的人體經驗因而「模糊顛覆了主體與客體的區分」。

　　巴特的作家友人孔班紐(Antoine Compagnon)說《明室》不只是關於攝影、關於母親、關於死亡與愛的書,更

是一本關於手的書[2]：裡頭真正「瞪大眼的東西」（chose exorbitée）不是眼睛，是手。真的，不只在刊出的相片裡，在文章裡亦然，到處都是手（和手指、手指甲）！這些「手」都是跟著相連的身子一起，有意無意地「曾在那兒」，負載著祕密（不似福西雍所言），引人邅思。除了安迪·沃霍爾（Andy Warhol）那「令人厭惡的扁闊指甲」與梅波碩普（Robert Mapplethorpe）伸展的手臂之外，巴特留意到的手往往不是位於畫面（構圖或明顯語意的）中心，更別提手指或末梢丁點的指甲！巴特從中見出傳達人類學、歷史或美學上的「知面」，也更經常地從中感受到無以言喻的「刺點」。在《明室》之前，巴特也曾研究過圖像中的手勢，多次提到歷史畫作中的「意志體現」（numen），更一再引用波特萊爾所言的：「因生命重大事件而作的手勢所傳達的真理」來談報導攝影中的語意表述。不過，《明室》裡的巴特著眼於一種帶有拜物傾向的椎心注目。在這些相片中，手在吐露著「手之主人」不經意之念，也反射過來暗示著觀看者的心事：游擊隊員「手持一把長槍，架在大腿上（〔巴特〕看著他的指甲）」、黑人女子「交握背後的手臂，如同小學生的姿態」、「查哈扶在門框上指甲不齊的大手」、小水手「將手擺在布拉扎的大腿」上、「另一名水手交叉胸前的雙臂」……等等。手「指向」觀

者的心事，被觀看的「客體手」成了指點的「主體手」（如此也混淆了主客體）。事實上，在書一開頭，「小孩伸指點物的手勢」已預示了攝影指涉符號性本質的一個代表性意象；隨著一張張相片的實際注目，指涉符號也牽入了個人心裡深深的內在時空。

手不只為相中物，攝影行為中的手也間接給了巴特「感官肉欲的快樂」。他曾提到一般繪畫行為中：「眼睛是理性、證明、經驗論、逼真，一切用以控制、協調、模仿」的技藝工具，而手卻是「盲目的」，需要摸索的[3]：也是如此吧，對巴特而言，「攝影者的憑藉器官或運作機關不是眼睛（眼睛令我懼怕），而是手指，與鏡頭的起動鬆扣，金屬感光片的滑入皆有關聯」（也應該談談《明室》中的各種聲響，實際的與比喻的）。

不過，或許有雙格外令人難忘的手，是「冬園相片」裡巴特的母親幼年時「天真的手勢」，對巴特而言，就是這樣的手勢與其面容顯現了她善良無邪的本質：「她兩手相握，一手以一指勾住另一手，像小孩常做的稚拙手勢。」這個手勢的描寫讓孔班紐聯想到巴特用於《戀人絮語》（*Fragments d'un discours amoureux*）[4] 封面的一幅畫，但意義不盡相同：無邪之外還有其他，好像暗示著從一切之起源正展向無盡……

委羅基奧畫室，《托比亞斯和天使》（*Tobias and the Angel*）局部，1470年

（當初正是孔班紐將那幅畫的明信片帶給了巴特,而當然,巴特非常欣喜讚賞)。畫中所取局部在於大天使拉斐爾與托比亞斯(Tobias)似牽未牽的兩隻手(而且兩者的手看來十分相像),這個「幾乎而未然」的細膩手勢,優雅委婉卻又帶點試探性的僵硬猶豫,為普天下戀人的無盡猜思細語作了極美的圖像詮釋!

---

1 Henri Focillon. *Vie des formes*. Paris: Quadrige / Presses Universitaires de France, 1943, 1996.
2 Antoine Compagnon. « L'objectif déconcerté », *La Recherche Photographique*, juin 1992, No. 12. Paris: Maison Européenne de la Photographie, 1992.
3 Roland Barthes. « Cy Twombly », *L'Obvie et l'obtus*. Paris: Seuil, 1982.
4 Roland Barthes. *Fragments d'un discours amoureux*. Paris: Seuil, 1977.

# 費里尼的機械娃娃之舞

　　羅蘭・巴特的《明室》一書裡，最後一個撼動人心的意象，無疑是敘事者觀看電影《費里尼的卡薩諾瓦》（*Casanova de Fellini*），其中機械娃娃之舞那段魅人的描述。

　　這個意象的重要性，在於機械娃娃是個交集物，一個巧喻物，既符合用來「形容令〔巴特〕感動的相片」，且以她本身之為豔俏娃娃起舞的實在魅力引向情欲及其他更多的暗示。換言之，這個意象的重要性，在於將巴特對攝影思索得的本質「此曾在」（*ça-a-été*）與觀者觀相片的情感反應做了巧妙的銜接，並且促使巴特驚悟地覓得了與攝影、瘋狂有關聯的「某種不知名的事物」之名：即「悲憫」（pitié），但也何妨再加上作為全書結語的「攝影的狂喜」，此稍後再談。「悲憫」與「狂喜」這兩個觀念都關係到「愛」。巴特在一次訪談中便曾提到：要以「愛」與「死」的浪漫觀點來談攝影。費里尼的機

械娃娃讓巴特「不禁想起了攝影」，而「愛」與「死」正以難以分化的渾融形式具現在她身上。

提到機械娃娃，不免讓人想到霍夫曼（E. T. A. Hoffmann）的一則奇幻故事〈沙之人〉。佛洛伊德在討論 *unheimliche*（意即似曾相似又疏異不安）時，曾引述這個故事。故事中有一段，主角青年學生納坦那耶（Nathanaël）以望遠鏡窺看對面一位古怪教授家的公寓，竟對教授那美麗、文靜、神祕，可是少有動靜的女兒奧林匹亞（Olympia）產生了憐愛之情。奧林匹亞其實只是個機械娃娃，是教授為她上了發條機械，而化身眼鏡師的「沙之人」為她裝上眼睛。這兩人後來就在納坦那耶的注視下爭奪對機械娃娃的主掌權，眼鏡師最後把眼睛已被挖空的無神木偶帶走，留下了血淋淋的眼珠子給教授。教授這時道出一個驚人的祕密：這對眼睛正是「沙之人」從年幼時的納坦那耶身上偷來的！說著便捉起眼珠子丟向納坦那耶，使他瀕臨瘋狂邊緣⋯⋯。

機械娃娃奧林匹亞就是「沙之人」為了逼瘋男主角的陰謀道具，在故事中起先是因男主角透過望遠鏡與窗戶的窺視，而升起了憐愛之情，愛上的是個「視覺之像」；這正如巴特也是透過電影銀幕，「愛上了費里尼的機械娃娃」。費里尼的機械娃娃（無可否認的無生之物，但裝上機械就是要它／她動起

來，要它／她逼真又不真）的確顯得活靈活現，讓人感受到的不再只是限於佛洛伊德所講的那種對真真假假、死死活活的疑慮不安，而是更強烈的幻覺。這是因巴特在機械娃娃身上所見到的特點，正是在娃娃的輕飄曼舞中顯露出來的。關於舞中的機械娃娃，巴特寫道：

我的眼睛為一種猛烈而甘美的敏銳感所觸動，好比忽然感受到某種奇異的迷幻藥效，每個局部都看得一清二楚，可以說，徹頭徹尾品嚐了每個細節，深受震撼：那纖巧細瘦的身影，彷彿在扁平的衣裙下只有單薄的身子，那白色多縐褶的粗絹絲手套，那有點兒荒唐（但也感動了我）的羽飾髮冠，還有那搓了粉的臉蛋，天真浪漫，又有個性。隨其「美好意願」的天使般動作，一方面看起來毫無生氣，教人無可奈何，另一方面，卻又顯得無拘無束，甘心待命，聽話而多情。

也許我們可以說：機械娃娃之舞的魅力是一種「以死來否定死」的魅力。這點與尼采對生死的看法有一點點關聯（一點點？！）。艾德加・莫杭（Edgar Morin）在其著作《人與死亡》[1]一書中，提到尼采式對生命之積極參與，從凡人必死的絕望中奮起，以一種狂憤的態度來全心服從「生之欲」。因此

這裡,「瞬間」的議題便十分重要:人要緊捉住「享生」之瞬間,成為絕對的狂喜瞬間,同時要讓小生命完全如宇宙的大生命來活過,來體驗,來活入其中。

這樣的瞬間,「被充分感受,圓滿地、無間隙地、無分化地,開展為一勝利的快感享樂。⋯⋯狂喜的瞬間消毀了過去與未來,只認得自身,因而不啻粉碎了時間,使之虛無化,也等於是撤消了死亡。」死亡在此生命之饗中,加入了「變」(devenir)(死視為生之變)而陶醉其中。如此,生之欲求也將延續至死。

所謂的宇宙大生命,包容了日與夜,也包容摧毀與肯定。對大生命的認同,即暗示著一種狂喜關係的建立:狂喜一直在人類對死亡的駁拒史上扮演著重大的角色。而事實上,對死亡的征服(或者如何克服「對死亡的恐懼」)向來也只能繞著幾種想法來尋求出路,如狂喜、再生、救贖、雙我等:

狂喜是自我的衝破,要不以智性的方式,要不以情感的方式,迎向宇宙去互通交流。情感的方式,在尼采那裡,即表現在舞蹈中。喬治‧巴塔耶(Georges Bataille)便驚喜於這樣的哲學最後竟只歸結於舞蹈。然而,像舞蹈這樣的活動,正可以同時表達瞬間的狂喜,以及「活力衝勁」那種自由而無所憑

依的狂喜。

　　莫杭解說的尼采生死觀似乎能賦予機械娃娃之舞一點哲學上的意涵。當然，尼采心目中的狂喜之舞必定是狂野的、官能的、精力過盛的、很動物的（超脫人之文化的，這點格外重要）。可是在巴特的觀察描繪之下，費里尼的機械娃娃之舞則仍保有巴特一貫偏好的優雅風格——優雅，是輕輕不著力、非宣洩的，但絕非靜態的，必要地在行動中散發而出（若非這般的輕盈優雅，可能不易在此與攝影結合吧？）。

　　原來並無生命的機械娃娃，便帶著她那始終不變的死亡顏面（狂而喜），輕快地舞出她的瞬間生命來。舞蹈的行動在一瞬一瞬之間，即成了狂喜的瞬間。更奇妙的是這狂喜瞬間的感染力，觀者不禁也深深迷惑了……！

　　然而，觀者是痛苦的。巴特雖然說：「絲毫不差地，從一張張相片，我越過了非現實的代表事物，瘋狂地步入景中，進入像中。」但是（今日影像時代的）觀者真能完全進入瘋狂嗎？或著，毋寧僅是逼近其邊緣，對那些死而活躍的幻覺物總留存著一點醒覺吧？帶著這一點點的醒覺意識，便足以使觀者對死物之假活（與真死）產生了悲憫之情——而非真正的瘋狂。悲憫的定義正是：源生自對他人所受苦的認識，進而產生

的同情心,並近乎絕望地祈求其痛苦的解脫。因此在悲憫中,豈不已矛盾地包含了投射認同的趨近,以及自省自覺的距離?

可是,機械娃娃永遠只是無生命的機械娃娃,正如相中之物一旦為「相中」之物,便永遠止息在裡頭了。依此,攝影的悲憫之情是註定引向絕望的。

不過,悲憐之情本是尼采所反對的,因為此情等於是對他人客體採取一種貶抑的評價觀感。反諷的是,巴特為了說明攝影引起的悲憫,恰舉出了尼采自身陷入悲憫,進而瘋狂的經過:「1889年1月3日那天,〔尼采〕投向一匹被犧牲的馬,抱頸痛哭:因**憐憫**而發狂。」

又,發現德希達(Jacques Derrida)談尼采時,玩德語文字遊戲,從「距離」(Distanz)一字中拆解出「舞蹈」(Tanz)來玩索,進行他的哲學思考……[2]。

---

1 Edgar Morin. *L'homme et la mort*. Paris: Seuil, 1976.
2 Jacques Derrida. *Spurs/ Eperons — Les styles de Nietzsche*. University of Chicago Press, 1979.

# 舒曼的《黎明頌》與冬園相片

「於是,獨自在公寓裡,前不久母親才在此離世,我在燈下,一張一張看著她的相片,和她一起步步回溯時光,尋找我心愛的面容真相。終於,我找到了!」

《明室》第28節以「冬園相片」為題,戲劇化地從「我」翻尋照片開始,繼而描寫冬園相片裡的種種細節。相片的意涵有了立即的確證,卻又反反覆覆,藉一個又一個的聯想,沉醉於肯定再肯定的確認感之中。這段文字自成完整的篇章,起初是由個人回述獨特的往事,最後的歸結是,冬園相片已然實現了極難達致的「獨一生命體科學」(也就是對個體生命有了普遍概念的認知)。對於尋找相片的過程,巴特強調的是在時光中回溯逆流,而最終使他悟見真理的相片,竟是母親童年時代的留影。逝去的母親、老年的巴特,童年的母親再現於相中。由這樣的今昔時間,以及母子年齡的反轉交錯,或許不難想見

巴特會以舒曼的《黎明頌》（Gesänge de Frühe）來比喻冬園相片；巴特還特別註明是舒曼「臨終前所寫的最後一支樂曲，即《黎明頌》的第一首……」。

《黎明頌》描寫清晨來臨、曙光初露時分，舒曼自己說是抒情多於寫景，但其中詠讚的曙光，與其說是世間的日光，毋寧更是「來世他方的永恆之光」。作曲的靈感極可能是來自於賀德林（Friedrich Hölderlin）的詩作《致狄奧緹瑪》（An Diotima）或小說《海波黎安》（Hyperion），所以原來在題目上有「致狄奧緹瑪」的獻詞[1]。這是舒曼生前最後一部完整的鋼琴作品（第133號作品），寫於1853年，也就是他精神瀕臨崩潰，意圖自盡的前一年。據說他自己對這五首套曲的評價甚高，即使已進了療養院修養，卻努力聯絡出版商，希望早日看到樂譜印刷出版。有樂評家說，貫穿《黎明頌》的晨曦將現主題，以及「其調性安排（D大調、b小調、A大調、升f小調、D大調）顯示了舒曼一如既往執著於成為一體的套曲。但是從風格上看，這些作品給人的印象是，如果舒曼沒有為疾病所干擾，這可能就是他要走的路。」[2]

巴特對舒曼的喜好，首先倒不在於套曲各首間是否有潛在的一貫性，反而更是因舒曼作品的片段性質（fragment），一如他對隻言片語、俳句、格言警句、小記、照片等的偏愛。在

他的非／反自傳《巴特自述》裡，他這樣寫：

若將片段排成連串，難道毫無組織可言？有的片段有點像聯篇（歌曲）的樂思，每一首都是自足的，但同時又不過是介於鄰居之間的間隙罷了，作品只是由「本文之外」（hors-texte）所構成。（在魏本〔Anton Webern〕之前）最了解片段美學且運用得最好的，或許莫過於舒曼；他把片段名為「間奏曲」（intermezzi）；不斷在作品中增添間奏曲：等於一切他所創的都終究是插入的，可是插進什麼與什麼之間？一系列純粹的岔言又意味著什麼？片段自有其理想：不是思想、智慧或真理（如格言），而是音樂的高密集度……[3]。

巴特說自己像「布爾喬亞家庭的好女兒」，自小就學鋼琴，且終其一生以彈琴為樂。巴特琴藝的啟蒙老師是他的姑姑，嚴峻憂鬱而孤單，終生未嫁，巴特同情她，有如對小女孩一般無限憐惜；雖未明言，我們卻可在他的字裡行間找到憐惜的影子。除了巴特的母親外，這位姑姑或許是巴特最親近思念的女性長輩。或許因自戀轉而同情相惜，巴特發現自己和姑姑都共有著沉鬱的眼神，巴特以為是來自他那化不開、滅不去的生命本質。

巴特和姑姑這樣的生命本質，並不同於他母親的天真善良。在舒曼的音樂中，也許巴特感受到的：一方面是私密柔情，一方面是純真無邪，而總結起來，又是母與子綿綿的相繫恩情。

巴特喜愛浪漫音樂，然而相對於當代一般法國樂迷偏好的「悲愴沉重型」浪漫音樂，巴特更親近的是內向、親暱而孤獨的舒曼。當然，就實際生活經驗而言，舒曼的作曲經驗的確與其私密生活有著緊繫的關聯，所以在婚後他一心只想寫鋼琴曲，因為這是屬於他和妻子克拉拉的樂器；而相對於較複雜的管絃樂曲，寫鋼琴曲顯得更自在，心情更放鬆。有了孩子後，他也費心去譜寫專門給小孩練習的曲子。巴特說：「舒曼真的是孤獨私密的音樂家，他的心靈封閉而愛戀，自言自語的心靈〔……〕，總之，是屬於只有母親而別無其他親屬的孩兒。」他又說：舒曼的音樂「既散落又合一，持續不斷地在『母親』的光明身影之下得到庇蔭（歌曲〔lied〕，舒曼寫了很多，我想歌曲具體表現的就是屬於母親之完整一體性）。」巴特會這麼寫，不全是因舒曼的生平軼事，而是將這種私密性提昇為一種音樂的風格精神。不過，大寫「母親」的比喻（普遍概念）不也包含了小寫母親的指涉對象（個體、真實的親人）？這篇題為〈喜愛舒曼〉的短文寫於1979年，而巴特的母親正是在前

一年初冬去世的。

　　舒曼的音樂到底如何契合巴特母親的善良本質呢？有一個可能，要從彈琴練琴的音樂實踐（musica pratica）談起[4]。巴特說他練琴不愛遵照樂譜上頭規定的指法，每一次都即興亂編。反對單調機械的訓練，為的是要體驗立即的身觸快感，任性追求愉悅的巴特由此竟也發展出一套自己特有的看法，自證自辯；他說在彈奏舒曼的鋼琴曲時，尤其會感覺到全身融入了音樂，「走入身體，進入肌肉」，在彈奏過程中，更加親近作曲者，甚且像是個體對個體，舒曼只為我，舒曼的鋼琴曲只能是為個人寫、為個人彈的！如此的私密內向聯繫，當然再度解釋了本文前段提到的母子連心（體？）。然而，因為反技藝（也等於反某種外在迫加的造作），巴特相對提出的是：彈舒曼，最好要在技巧上守持一種「無知」（innocence），也就是純真、天真、無邪；巧的是，巴特也用了同一個字來定義他母親恆久的善良本質！在「冬園相片」裡，還只有五歲的母親，以「她那純淨的臉蛋，天真的姿態，柔順地站在她的位置，既不自炫也不躲掩」，成了「絕對純真無邪的化身」。

　　至此，我們更能了解《黎明頌》出現在《明室》第28節的原因了。巴特肯定「冬園相片」具有「正確之唯一圖像」的價值後，在下一段文字裡引用了三位大師的作品：一、是小說家

普魯斯特在彎腰脫鞋時，從記憶中乍現祖母的真實容顏；二、是攝影家納達（Félix Tournachon, Nadar）「為她母親（或妻子？不確定）拍的相片，為世間最美的相片之一」；三、即是舒曼的《黎明頌》，「正契合了我母親的生命本質，以及我因她過世而感受的哀傷」。這三者都有著不可替代，屬於獨一個體經驗的共同特點。不過，更重要的是，巴特希望在追念讚揚他的母親時必須不落俗套，因而想出了這三個借引的例子。他想要說的，其實不就是真（普魯斯特）、美（納達）、善（舒曼）的獨特體驗？自始至終，巴特執意於各種修辭策略，以各種可能的方式，用很個人、獨特、私密的方式來指出他母親的特質：是真善美，沒錯，說穿了可能一點也不稀罕，但卻是她「特有」的——不能歸化於一般意義而已的——真善美。同樣的，「冬園相片」的意義也該是獨一無二的：所以這張相片體現的該是難能可貴，「獨一生命體的科學」。

最後，還有一個問題：《明室》是不是巴特的黎明頌？如果不是那場意外奪走了他的生命，《明室》的文體風格會不會是他將走下去的路？

1 這首曲子原也打算獻給女詩人阿爾寧（Bettina von Arnim），因為她在舒曼作曲期間正巧來訪。阿爾寧也非常喜愛賀德林的作品，且在賀德林生病時曾設法照顧他。
  Andràs Schiff. *Piano, Schumann: Kreisleriana, Nachtstücke, Gesänge des Frûhe. Geister-Variationen*. (text: Heinz Holliger) Teldec Digital Audio, Berlin, 1997.
2 Joan Chissell。《舒曼——鋼琴音樂》。河北：花山文藝出版社，1999。
3 Roland Barthes. *Roland Barthes par roland barthes*. Paris: Seuil, 1975.
4 Roland Barthes. *L'Obvie et l'obtus, Essais critiques III*. Paris: Seuil, 1982.

# 攝影與巴特心目中的俳句

巴特在《符號帝國》[1]寫了四篇談日本俳句的短文，曾以攝影喻俳句，後來在《明室》（第2節、第21節）又以俳句比喻攝影。在各種存在的文類中，最能與攝影相比擬的會是日本俳句？

俳句詩令日本人感到無比自豪。他們說：這是最小巧的格律詩，只有十七個音節（五、七、五），卻有整個天地縮影在裡頭。據說俳句在國際詩壇影響極大，歷來歐美各國都有人仿作研究。像屬於擊垮世代（Beat Generation）的美國詩人克魯亞克（Jack Kerouac）[2]便寫過英語俳句，以空洞的內容（比如把一串地址拆寫成三段）為挑釁之姿。要比較俳句和攝影，當然音節格律不能算，只能片面地取此或取彼特點來談。

在《符號帝國》裡，可以感覺到巴特對俳句有相見恨晚的驚喜：長久以來苦於論辯寫作的零度、原意的自然、符號的烏托邦等，為了顛覆語言的政治性無邊統御，卻經常徘徊於抽象

理論層面的尋思與憧憬；而終於，在遙遠的東方發現了俳句。他將俳句所依的禪學哲思，結合符號學分析的語彙來闡述己見。不過，他並未否認自己初訪日本，旅途暫留期間，是以西方人的眼光在觀看日本，對俳句的領會只是一廂情願，依自己的想像來接受，不免將其理想化，就像他把整個「日本」看作一個想像的國度，視為「文本」來閱讀（「俳句」因而成為一種觀看的典範模式，特別當日本自獻為觀光對象時，就「俳句地」看日本）。

　　巴特不懂日文。透過譯文，日文詩中原有的音韻格律已全然消失，連帶地，修辭的功夫或「作詩的努力」痕跡也被抹拭了。剩下的只有內容，盡是些微小的事物，日常、平凡、無大義。因此，俳句詩給巴特這樣的外國人一種親切無比、人人易寫的印象；就像攝影相對於繪畫，人們常以為拍照不需特別磨練技術，便躍躍欲試。俳句毋寧被想像成「無待」又有待的奇遇（aventure），機緣巧逢，而懶散之心豈不正是作詩先決的修養條件。在一回訪談中，巴特歌頌懶散的精神，曾指出俳句翻成法文後，有時會出現主詞錯接的問題：閒坐在那兒的，是春風還是人？是我還是他？[3] 無以區別，似此又似彼，巧合無我的境界，我空而物入，「我」終於可以一反西方實用價值觀，什麼也不做，什麼也不是。雖然俳句並非總是不見有我

在，可是巴特似乎特別看重無我的俳句所能啟發的去中心論。

俳句詩人期待著什麼事情到來，而等待來的，就是「奇遇」；他像覓景的攝影者，又如尋豔遇之客，四處閒蕩。有時訂出特別的旅程路線，一路走一路看。巴特說俳句不斷在切割、分化，把人間大自然變成許多無序的小片段，這也無異於攝影鏡頭下的世界。俳句大師芭蕉為了尋思靈感行千里路，動腦筋又勤四體。靈感生於觸景一瞬，洞見真理。而真理是明顯的：「真理一旦顯現就該立即捕捉表達，在乍現之光熄滅之前。」詩人或拍照者，既然是隨著時日，把當下所感，立即肯定，立即轉為語言或轉為影像，故俳句和攝影同享的迷思是：從靈感來時到創作行為之間毫無間隙，單純的重複，隨筆記下，一如快門閃動的瞬間。不過，靈感所肯定的並非事物的重大性，也不揣想其中深藏的意涵；靈感肯定的，只是發生於眼前的事物，是否該記下來的當下判斷（或更是如我們熟悉的「直覺」、「頓悟」、「心有靈犀」），不帶任何的預設價值，幾乎是為寫而寫。

在《明室》裡，巴特說照片拍下的，已去除了時間變化的可能，是「不可發展」的，而俳句也從根本否定了「發展」（沒有推論也無需結論），重視的是第一印象，反描述反延展反深入反擴充。而同樣的，有一種攝影美學只重在快拍的抉

擇,而拒斥任何事後的影像加工。俳句畢竟是詩,否絕排除的是語言的西方式論辯用途,不也同於攝影界長久以來對語言之不信任,神祕地傾向圖像之表意自足性,讓一切都留在表面,把真理當作是沒有深度的,如鏡子一般,一切都反映在外。巴特又說:寫俳句就像小心翼翼地拍照(「日本式的」小心,所以是儀式化的純動作),可是相機內卻故意不放底片,只是為拍而拍。

然而,巴特心目中的俳句或許只是他推至語言極限(陳述活動減去了意義之構成)的期願與理想。俳句奇遇的對象總是最微不足道(且無「道」可言)的小事,平板無奇,常遇而易錯失,且是必須立即回溯,重建於語言的。但,俳句真的毫無任何「發展」?也不盡然,有人曾對俳句如是描繪:「俳人用微細的線條畫出指示標。讀者認出指示標後,將其輪廓加以延長、擴展。這樣,在輕微刺激的促動下,想像力就覺醒過來,產生聯想的波紋。這一波心,能夠擴散到最遙遠的岸邊。讀者能在體會聯想的波動時領略異樣的快感。」[4] 表示俳句自身無大義,但無阻於讀者的想像,故俳句是欲言又止,餘言留予他人。巴特自己也曾以俳句比喻好的單幅漫畫,其中的故事會引人渴望,或說吊人胃口,想聆聽其前/其後發生的事。而故事卻有意反鎖起來,無前無後——此即巴特所謂的俳句式優雅無

比的簡練藝術。但說不說故事，還是其次，事實上，最重要的是引人「渴望」，激起欲望，至終，領略那「異樣的快感」。

俳句的寫錄，若真要強調當下性與立即性，其實還有其他效果。因詩句隨興隨遊而作，一切景都外於我在那兒，故必然會透露寫定的時辰與節令。傳統的俳句也規定要在字裡行間喚起農曆節氣，點出四季花草蟲鳥景物氣象。這正如照片不可免地只能反映拍照的此時此地，立刻指涉時間與天候（法文的「時間」與「天氣」都用le temps同一個字）。近二十年來，確實有不少攝影家特別體會到這種時地指涉的痕跡可為攝影質地的風格書寫，甚至成為「模糊美學」風尚裡的一項重點嘗試，比如讓銀粒子堆疊出時間、氣候的具體感覺；模糊的，正是明顯可見的質地肌理本身。

為了不將攝影的俳句式比喻太過侷限於巴特所講的禪意之斷念，何不再看看圖尼耶（Michel Tournier）寫過的文章（我們只引用其前半），名為〈意外事故、愚蠢與其他〉[5]，或可為我們提供另一個角度來思考攝影的俳句式題材。

圖尼耶從一張艾杜瓦·布巴（Edouard Boubat）的照片談起，簡述其內容：「那一天」，是拍照那天，「有隻母雞在樹下。」——差不多是現成一首俳句。一個訊息，就溝通功能來看，只限訊息之傳達，沒有什麼詩意功能（fonction

艾杜瓦・布巴（Edouard Boubat）：「那一天，有隻母雞在樹下。」法國，1950 [6]

poétique）可言（就這句話，而不是就影像而言）。接著，圖尼耶忽然拿這句話與另外三件事來排比，結構同一，都是一個事件一個地點，三件事指的是：伊朗的大地震，杜林的億萬富翁被擄，中非的帝王加冕。這三件事，與「樹下有隻母雞」一旦相提並論，立刻互相感染，前者似可提昇後者的重要性，但更明顯地，三件大事是被拉近、齊平化，甚至被比了下來：犬儒？弔詭？智障？這裡便出現了一個攝影選材的無分界問題。拍照者是否不辨事物的輕重？不重視但也不歧視？他的眼光，要不，是天真的，故不識好惡觀念，要不，是無政府主義的，

故已選擇了立場,刻意反對一切權威與規則。圖尼耶話鋒一轉,提到面對法國公民大革命,路易十六的曖昧態度,因為他更寧可閉門打造鑰匙,不管自己就是國王。國王成了愛打造鑰匙的人,即以一種餘興來定義自身?打造的鑰匙卻一點也沒用,哪兒也開不了。圖尼耶為何拿拍母雞的布巴與路易十六相提並論,對布巴而言可能不利……?不過,布巴拍的照片也真的「沒什麼用」,既不是重大意外的紀錄,也稱不上愚昧之事,而是……剩下的,也就是「其他」的。

其他的,「沒什麼」,對這類事物的執迷,因為不辨對象,不予評斷,所以不道德(道德即知辨是非)。現代主義攝影美學,以吸引目光者為美,可曾思及陷入這層道德曖昧的危險?然而,在審美的執著眼光下,卻已掩去了這個疑問……。恐怕蘇珊・宋妲會憤憤地、或毋寧冷冷地表示:這不正是攝影的專長嗎?!

---

1 Roland Barthes. *L'Empire des Signes*. Paris: Flammarion. Genève: Editiions d'Art Albert Skira, 1970.
2 Jack Kerouac. *Pomes All Sizes*. San Francisco: City Lights Books, 1992.
3 Roland Barthes. « Osons être paresseux », *Le Grain de la voix. Entretiens 1962-1980*. Paris: Seuil, 1981.
4 關森勝夫、陸堅。《日本俳句與中國詩歌》。杭州:杭州大學出版社,1997。
5 Michel Tournier. « Les Accidents, les niaiseries et le reste », *Des Clefs et des serrures: images et proses*. Paris: Chêne / Hachette, 1979.
6 翻拍自*Edouard Boubat, Photo Poche*, Centre National de la photographie,攝影集封面圖。

# 照片：俳句或兒歌？

續談攝影與俳句！──要是不同意宋姐的質疑呢？

其實，用俳句比喻攝影，還可從其他角度去聯想。上次曾提到俳句之於自然現象是擷取片段／斷的閱讀方式，但若是專注在個別俳句的內容，則會發現其內總是有個自足的結構。俳句雖不一定有敘事學上所言的人為動機，卻專注在一事一景的描寫，四季分明，簡短幾個字不多不少，十分緊湊集中，把兩三樣事物與動作連接起來，平易又典雅。下面的每句話都各自是一首日本俳句，我故意用最少的字，淺白翻譯：

大佛像的肩上披著殘雪。

春雨，少女打了個長長哈欠。

落日停佇在金雉的尾端。

夜短，毛毛蟲毛茸茸，閃著露珠。

燕子從大佛的鼻尖飛起。

　　　　一不注意,青蛙跳進了門來。

　　　　來客與白菊一朵,相對無言。

　　　　拔蘿蔔的人舉起菜頭指路。

　　　　一打噴嚏,想注目欣賞的海雁飛走了。

　　　　空蕩的屋內,一隻蒼蠅,一個人。

　　寫俳句的人要發揮的是撿選取捨的能力,從耳聞眼見的紛亂世物中除去蕪雜,而挑出足以相互呼應、構成單一畫面者;且往往使前景(主景)突出,或幾乎總是去了背景,只凸顯節氣氛圍的關鍵存在。這樣的描寫,本身是個直向所指,是語意結構力求完整的「文化」(人之文化)舉動。

　　同樣的,傳統攝影鏡頭下捕捉的剎那,在翻印的樣片中,只挑出其中一張,構圖層次分明,形式封閉,語意具有一致性的(決定性瞬間?),視為佳作。用美術史研究的分法來講,可謂沃夫林(Heinrich Wölfflin)式的「古典」,強調「主題」與「秩序」。這是「直接攝影」(straight photography)歷久不衰的審美觀,在攝影創作中,直到1950年左右,都居於主導地位。而一般相館肖像照以及民間家庭照片,大體上也都根據這樣的要求來安排人物與背景。

　　相對於俳句的古典寫實速記,小孩玩遊戲時點人輪替所唱

的兒歌，依隨的是韻腳的一致，好記又好唸。若仔細分解歌詞所呈現的意象，卻發現常有出自誤記或誤傳而偶然形成的超現實組合，彷若愛麗絲的鏡中世界，而且比可能已失傳的原初版本更廣為流行，更可愛；即使有朝一日找到了原版，大家也不想去更正。我記得的已很少了：

城門城門雞蛋糕，三十六把刀，騎白馬，帶把刀，走進城門滑一跤。

其實，後來得知「雞蛋糕」是「幾丈高」相似音誤傳，但「雞蛋糕」的版本流傳很廣，就是越荒謬，越無俚頭，越神祕得可愛，也越令人喜歡。以下這首也是，且不知由來：

棉花糖，棉花糖，越走越害怕，坐在石頭上。

「兒歌」可以用來比喻另一種攝影的風格：沒有明顯的主題獨霸，民主平等，卻不免多雜音，易分心；喃喃細語，忽東忽西；前後景不分，前亦後，後亦前，一物一物固執在場，卻不能融入一個言之有物的「戲景」；沒有組織，猶如開放的拼貼，不成構圖，甚至不可思議的奇異湊合，對著偶然意外大開

其門。就像一般認為拍壞了的照片。

　　十九世紀末、二十世紀初，法國畫家波納爾（Pierre Bonnard, 1867-1947）曾有段短暫的時日，也像當時許多市民一樣，利用新出品的柯達手動小相機來拍照。他純是為了好玩而拍照，別無其他目的；他往往是到姊妹家閒聚時，為親朋好友拍照，鏡頭下常見的是幾個小甥兒甥女在春日太陽下戲水、跑跳、逗狗、採櫻桃的假日歡樂景象，充滿著即興動感，隨意而自然。偶而，他也拍女伴瑪塔（Marthe）。瑪塔不但是他終生相依的伴侶，也是他筆下最常見的模特兒，但無論是在畫中或相片中，她都很少露臉，或者常低著頭沒入暗影中[1]。波納爾畫她，也拍她，在臥室內用個平底大浴盆洗澡。照片裡，浴女應該不是為了刻意擺姿勢給人畫或拍的，而是真的在洗澡。她的上半身因晃動而模糊，畫面前方大概是一團大浴巾，靠鏡頭太近，沒顧到景深，也成了一團模糊的亮部，幾乎佔了畫面大半；原來，焦點是落在浴女身後，於是右上方梳妝台前的一個水桶成了最清晰的地方，搶了浴女的注意力：讓觀者的目光游移在中景人物與其旁的水桶之間。人通常是畫面的主角，現在卻因一個線條輪廓格外清楚的水桶，而不得不讓卻中心統御地位。形式語言主載了內容指涉。

　　大毛巾，姐姐洗澡，身後站著小水桶。——這不是俳句的

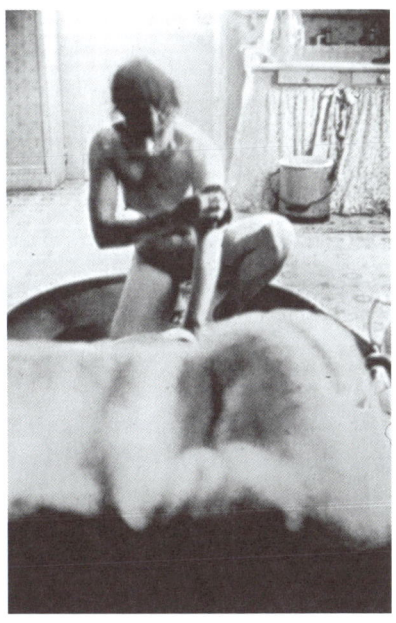

波納爾，（左）《浴盆裡的瑪塔》（繪畫，1916）；（右）《浴盆裡的裸女》（攝影，1908）[2]

畫景，更像失序的兒歌世界。

波納爾沒有依照相片來描繪作畫的習慣。不過，少有的例外，是在拍浴女照的幾年後，他畫了張內容極相似的油畫。但是畫面經過了整理，簡化了許多，尤其礙眼的大毛巾，以及莫名其妙搶眼的水桶都不見了。然而，並未因此讓浴女在畫面中取得絕對的構圖優勢地位。波納爾可不是守舊守成的畫家，

在繪畫步向現代前衛的過程中,他和那比派(Nabis)的幾位畫家友人,如烏依亞爾(Edouard Vuillard)、瓦洛東(Félix Valloton)等,確實有從後印象到野獸派之過渡期的一定地位,不可忽略。在這幅浴女圖中,他利用不一致的透視以及色彩的錯置,也就是明暗色與冷暖調不貼合主次題材之分的方式,使得畫面各處都均等地獲得觀眾青睞,連地板也與人物一樣顯得浮上而突出,敬告畫作的二度面向真實即是一方框平面上所鋪展的各色油彩——此即現代繪畫概念的一大革新。

唱「兒歌」,繪畫有繪畫的方式,攝影有攝影的方式。攝影在1950年代,出現了一位羅伯·法蘭克(Robert Frank),從瑞士到美國,以他那有偏有倚的鏡頭,顛覆了構圖語意整一性,開創了攝影的新視觀影像。也難怪評論家貝格拉(Alain Bergala)會用反諷的手法,刻意大驚小怪地將他比作誤闖地球的外星人,說他未諳人類文明長久累積下來的視觀方法,不知道如何「看」!貝格拉以這樣極端的推測作結:他說,會這麼觀看的什麼不知名的外來者⋯⋯

必定是來自一個非常細緻化的文明國度,在哲學方面必定較我們更高超進步,那兒大家都曉得——與我們地球上沉重愚鈍的攝影師正相反——最粗俗最盲目的觀看就是那種掌控式的

觀看;就是那種觀看,想把變動中的時間之流很粗魯地緊定在一個封閉而集統化的影像中。在一幅圖像中,真正的美與情感都是被賦予的;反之,任何計劃過的或建構出的美,都是粗鄙的。[3]

---

1　Françoise Heilbrun et Philippe Néagu. *Pierre Bonnard Photographe*. Paris: Philippe Sers, Réunion des muésees nationaux, 1987.
2　《浴盆裡的瑪塔》,翻拍自Fr. Heilbrun & Ph. Néaugu, *Pierre Bonnard photographe*. Paris: Philippe Sers, Réunion des Musées nationaux, 1987,頁75;《浴盆裡的裸女》,出處同前,頁107。
3　Alain Bergala. « R.F., E.T. », *Robert Frank, La photographie enfin. Les Cahiers de la photographie*, No. 11/12 spécial 3, 4$^e$ trimestre, 1983.

# 納西斯自戀倒影：
# 談圖像的指涉性本質

　　法國學者杜玻瓦（Philippe Dubois）在他的論文集《攝影行為》（*L'acte photographique*）[1]中，強調攝影圖像的指涉性本質，其中一個章節並藉著重新閱讀幾則古典文學中的納西斯神話文本，來闡釋這個特性。

　　首先談到的亞伯提（Leone-Battista Alberti）在其《畫論》（*Della Pittura*）中，依照畫史論的慣例，一開始先追溯想像繪畫的起源，但在提及納西斯這位著名的神話人物以及關於他的整個故事時，毋寧是將之視為一有關繪畫本質論的特定認知途徑。亞伯提從納西斯對其水中倒影的凝視，引出這個反問式的結論：「繪畫不是別的，不正是以藝術來環抱那泉源的水面／表面？」杜玻瓦指出這裡一個關鍵字是動詞「環抱」，法文譯字是embrasser，而義大利原文為abbracciare，此處可作雙重義解：其一涉及空間性，意為（以眼光）「環視」整個

表面,是佔有全部之欲望;另一義則與愛情有關,指以(身體)雙臂及嘴唇擁吻,是自反情欲(auto-érotisme)的表現。而兩者又都與自戀(narcissisme)有關。

有一幅被歸為卡拉瓦喬(Michelangelo Merisi da Caravaggio)所繪的畫作裡,靜靜湖畔,納西斯跪地撐臂,望著水中鏡影,身子、低垂的頭與兩手拱成弧型,恰與自身的倒影上下對稱,連成一個完整而封閉的圓,可說是亞伯提那段名言的最佳圖示。

而水之「表面」在這則故事中猶有一曖昧的地位,杜玻瓦接著在其他納西斯的神話文本中繼續探尋可以相互銜接的啟示。

他找到了菲婁斯塔特(Philostrate)寫的納西斯神話。這個版本別具一格,作者假設是就一幅畫來描寫,全心用在刻劃描寫這幅畫的修辭工夫上[2];是否真有其畫並不重要,重要的是納西斯如何作為畫中人物被形容。於是,亞伯提所言的「泉源之水面/表面」,在菲婁斯塔特的筆下被進一步玩味文字,導出了雙重的表面:「泉水描畫納西斯的面容五官,一如這幅畫描繪了泉水、納西斯和他的故事。」換言之,有內在於畫裡故事空間的「水面」,還有畫本身的「畫面」。畫中的納西斯看著泉水,而《納西斯》這幅畫的觀看者又看著畫。

卡拉瓦喬？《納西斯》，約 1599-1600 [3]

　　杜玻瓦順著這個畫內畫外平行的觀看關係發展下去：在畫中世界，納西斯與其水中映像形成你和我，相看兩不厭，「我／你」自成一對，因目光投注而於主客體之間形成指涉性聯結。而畫作的觀者之於「我／你」便是個局外人，是第三者「他」，一個窺視者；相對於畫中「我／你」的指涉聯繫性，觀者之於畫，是站在（圖像的）距離外注視。

納西斯自戀倒影：談圖像的指涉性本質　　　93

然而，畫外世界的觀者亦可與畫本身形成「我」和「我們的你」之間的指涉聯繫性。何以如此說？這要取決於作者／觀者所採取的發言立場而定；即作者／觀者，或者應當問：作為觀者的敘述者，是為誰發言？對誰在發言？事實上，敘述者起先仍致力於描述他眼前的那幅《納西斯》畫作，甚至深入畫中景物細節，以強調題材之栩栩如生，說：「畫，給我們看那花瓣上晶瑩的露珠，停在花上的蜜蜂，真教人不知真是蜜蜂被假花吸引，還是我們誤以為假蜜蜂是真的。」這些逼真細節預設了假像亂真之狀。接著，他提到畫中主角納西斯，真假混淆的幻象陷阱似乎要越陷越深了。這是因觀者此時忽然改口，以第二人稱直接對著畫裡的納西斯說起話來。原本只是隔著距離就畫的客觀物像描繪，現在他轉而帶著情感勸慰納西斯；納西斯這時對觀者「我」而言就成了「我們之中的你」。「我」對納西斯「你」說：

你難道不知道你看的正是你自己的倒影，難道不知道那只是泉水假造的像？你只要稍稍換個姿勢，變一下位置就能明白；可是你卻一動也不動，等著你以為的新伴侶有所表示。可是，納西斯根本不理我們；水已完全把他的眼睛與耳朵迷住了⋯⋯。

杜玻瓦指出這段話中微妙細膩的轉折是在於：說話者原是在力勸納西斯切勿混淆了水影假像，可是正因他這段勸言是以第二人稱「你」直喚納西斯，等於是他一面勸納西斯別讓幻象給迷惑，另一方面卻又在話中透露出：他自己不正把畫中的納西斯當作了真人看待，正試著與他對話：「你以為泉水會與你對話嗎？」他問納西斯的這句話，不正可以用來反問他自己：「你以為納西斯會與你對話嗎？」或者甚至：「你以為那幅畫會與你對話嗎？」弔詭的是，陳述活動（énonciation）的層次在此介入了陳述句（énoncé）的層次中，依杜玻瓦的講法，是兩者「在矛盾中進入了鏡相反射的環結關聯」。要從這個矛盾裡脫身而出，只有一個辦法，就是讓說話者退出納西斯的故事空間，重返其第三者的旁觀位置，也還原納西斯第三人稱之名，說：「可是，納西斯根本不理我們……」。期盼的對話至此終止。杜玻瓦解釋道，要脫離弔詭，就要跳脫指涉，離開純粹之隨機應變關係（déictique），回返敘述的外圍觀。因為留佇下來，便會迷失其中，像納西斯一樣。

所謂的隨機應變關係指示語，是指那些無具體直接意涵，會隨情況而有不同的指稱對象者，像「這」、「那」指示詞，地方副詞「這裡」、「那邊」，時間副詞「現在」、「當時」等，還有人稱代名詞你、我、他等等皆是。而這類形容詞在

皮爾斯（Charles S. Peirce）的符號系統中都屬指涉性關係符號。杜玻瓦還引了語言學家貝文尼斯特（Emile Benvéniste）極美的一段話作結：「語言之所以可能，只因每個發言者自居於主體的位置，在其言談中以『我』自稱。於是，『我』設定另一人，此人雖外在於『我』，卻成為一個回聲，我向他說『你』，而他也向我說『你』。」鏡相反映的指涉性因而也是自戀的。

不過，有趣的是杜玻瓦在轉入這段章節小結語之前，還提到歐維德（Ovide）的《變形記》。歐維德版的納西斯可能是這位神話人物的各版故事中最著名的。歐維德同樣也利用了人稱變換的遊戲，出入於敘述的「他」與對話的「你」之間，讓納西斯作了長篇獨白的哀美歎息。不同於菲婁斯塔特的是，歐維德的納西斯知道自己與戀慕的對象之間只有薄薄的一水之隔，這麼微弱的屏障竟足以阻隔欲望的交流與結合的熱情，使得納西斯更加悲傷絕望。然而，也是由那「一水之隔」，我們又回到了前頭提及的「表面」問題。

望過（忘記？）那表面，接受幻象，走入幻象的觀者與畫之間都存在某種形式的自戀。因此，觀畫的眼光都是自戀的眼光，或毋寧是觀者的自我陶醉，一廂情願的自我投射，跨入了畫中的故事空間，與畫中人建立了你喚我為「你」，我喚你也

是「你」的回聲／鏡影環結,為了使對話成為可能——看照片更是如此吧。

---

1 Philippe Dubois. *L'Acte photographique*. Paris: Fernand Nathan, Bruxelles: Editions Labor, 1983. 本文內容取材自該書「第三章:影的歷史與鏡之神話」(Histoires d'ombre et mythologies aux miroirs)專談納西斯的部分(頁135-141),大體上重述整理了該書的看法及引言,僅小小改動了推論的先後序,並加了些補充說明,幫助讀者了解。
2 這裡指的是古意的ekphrasis描寫文體,流行於西元後二世紀至整個中古時期。
3 《納西斯》,油畫。羅馬柯西尼宮(Palazzo Corsini)古代藝術國家藝廊收藏。翻拍自Jonathan Miller, *Reflection*, London, National Gallery, Publications Limited, 1998,頁159。

# 攝影的奇遇

沙特（Jean-Paul Sartre）早年有部日記體的小說（*La Nausée*, 1938）[1]，一般中譯為《嘔吐》，積非成是（？）的慣譯！實際上，照法文原文書名和小說敘述的情境看來，還不如說只是嘔吐前的噁心或作嘔，出自一種體驗生存本身的強烈生理反應，一種外向於身體的徵兆符號，像歇斯底里一般？書中的主角兼第一人稱的敘事者（Roquentin）不斷在日記中思索生命、生存、生活。有一段將「生活」（俗稱的「過日子」）與「奇遇」對照比較。如果讀者容我在此斷章取義，以下引述的片段，倒可借題發揮，聯想到某種攝影文學，也就是述說相片由來、且自覺不自覺帶有神話迷思意味的故事。

我這麼想：要讓一件最平凡的事件變成一段歷險或奇遇，只需要去講述它，這就夠了。人，總是一直在講故事，生命中環繞著自己與他人的故事，經由這些故事，他了解發生在自身

上的事；他試圖生活得像是他所述說的那般。就是這樣的想法愚弄了人。……必須選擇：要生活，還是要述說。

要生活，還是要述說？兩者只能擇一而行，因為一旦開始生活，奇遇的印象或幻覺便頓時消逝：

當人在生活時，什麼事也沒發生。布幕背景換了，人進人出，如此罷了。從未有何啟始。日子一天又一天地過去，無緣無故，這是無止盡而單調沉悶的加法。……這就是生活。可是**述說**起生活時，一切都不一樣了。只是這個改變並無人察覺到，因為人們講述的是真實的故事，好像真的會有真實故事存在似的。事件由一方產生，而我們是從倒向的另一方來敘述這些事件。人們卻裝副樣子好像是在從頭講起：「這是在1922年一個美好的秋日，我當時是馬摩地方公證人的書記。」而事實上，人們是從結尾開始講起的。結尾在那兒，不可見卻又實實在在地在那兒，就是那結尾給了起頭的這幾個字一副體面的排場與價值：「我閒逛著，不知不覺走到了村外，心裡惦記著錢的煩惱事。」這句子單獨看，是指這個人專注於一己的思緒，心情低沉，離奇遇似有千里之遙；正是在這樣的情緒當中輕易會讓事件流過而未知。可是有了結局在那兒，一切就轉變

了。對我們而言,這個人已經是故事中的英雄主角了。他的惡劣心境,他金錢上的煩惱,要比我們自己的還更珍貴,且因未來將要實現的熱烈經驗而金光閃爍。故事的敘述是倒著追加發展的:每一片刻時光已不再任自無序地隨意堆加,而全都被故事的結尾給逮住了、給吸引過來了,每個片刻拉住緊接其前的片刻:「天已黑,街上空無一人。」這類的句子隨意地拋擲出來,好像顯得空泛浮面;可是我們得先把它存放一邊,不做什麼,因為它帶有訊息,我們稍後就會了解它的意義。我們有種感覺,好像這位主人翁這個晚上所經歷的種種細節都像是點點滴滴的預示、彷彿一項項承諾,或者說他只經歷了那些已經允諾的,對於其他未能預告奇遇的事物都不聞不見。我們此時差不多已忘了奇遇尚未發生;這個人其實是在一個沒有任何預警

冬日巴黎街道(作者攝)

的晚上散步，亂七八糟地迎受了一堆單調的事，而他別無選擇。

這段非常關鍵，不得不引用得這麼長：對於「奇遇」來到前的詳細分析描述，說明了結尾、或者事件的高潮（在可以決定何時為結尾、何事為高潮的條件下）如何能夠回頭去賦予先前的時刻不同凡響的意義，好像其前的一些瑣事都因結尾而具有預示的價值；每個片刻，每個看似偶發的在場，寫下之後忽然顯得重要起來，默默參與了小小啟示錄般的儀式化步驟，每一點都值得去回溯、去記住，進而加入解讀前後關聯的因果徵兆，綴連成一線。而且，重要的是這樣的奇遇開端，也就是這些鋪陳環境的內外因素，起初顯得越平凡越佳，好似表面上雖不可預料，卻已在暗中結集種種線索，命中註定地、無以復返地向奇遇推進。這樣的言述（discours），將人生劃出有意義的分段，成為一部前後有序的寫實小說：我說故我在；我在，在一致的意義中。

有些攝影家對其照片的由來（「為什麼我會拍下這張相片？」）往往提出類似這種「奇遇」的述說（注意：未經述說，就不算奇遇）。這點特別適用於採取直接攝影方式捕捉的生活偶發事件，也就是那些即將成為特別吸引人的攝影者抓

到好照片的故事。照片裡所呈現給人看的就是奇遇的高潮；而照片作為結尾或結果，讓攝影者先前漫無目標閒晃的所見所感，都有了因緣及先兆性。這或許就是攝影的一種弔詭：表面上的意外、偶遇、拾得，在直接攝影中有一定的價值，表現在相中，也在攝影行為中實踐。有時更晉升為一種行為典範。但實際上偶遇是被經久地有意無意等待著，即使事先沒有明確等待的目的物，或也可說，與蠢動中的欲望（說穿了，就是為了拍到「好照片」）有關。如果只是在閒蕩，東看西看，走過即忘，生活便平靜無波。正是拍照的舉動，改變了拍照瞬間與其前的等待時光。按下了快門，閒蕩本身就沒有白費時光了。攝影者可說是不甘心處在單調生活的一邊，故隨時尋找時機以便站到等待及製造奇遇的另一邊，因而也等於是為了追求、體驗奇遇而選擇放棄生活的人。照片拍過，事後所敘述的故事，便是在肯定這樣的追求與選擇的立場，同時也為照片冠上了決定性瞬間的光環。

這光環更來自於奇遇特有的時間性：

奇遇的感覺應是時間的不可逆轉，就僅是這樣的感覺。可是為什麼不總是一定如此？難道時間不是本來就不可逆轉？有些時候，我們好像覺得可以想做什麼就做什麼，可以往前進或

向後退，一點也無所謂；而另有些時候，又覺得網絡織得好緊好密，這樣一來，就不能錯過時機，因為已不可能再重新來過了。

照片及其故事（事件因而有雙重的述說：被拍，以及被說）將平淡的生活轉化成獨一珍貴經驗的奇遇，為拍照之前的故事時空裏上了一層意義。可是，我們也可以倒著想：原本擁有眾多意義可能的生活之流，因照片剎那間截斷的定影，強加了固定的意義，述說一舉等於判定了「死亡」，切斷了延續發展的其他可能（其中也包括無意義本身）。

還有另一種奇遇（奇遇，即收納生活轉為己用）的弔詭作法：法國攝影家雷蒙・德巴東（Raymond Depardon）在紐約

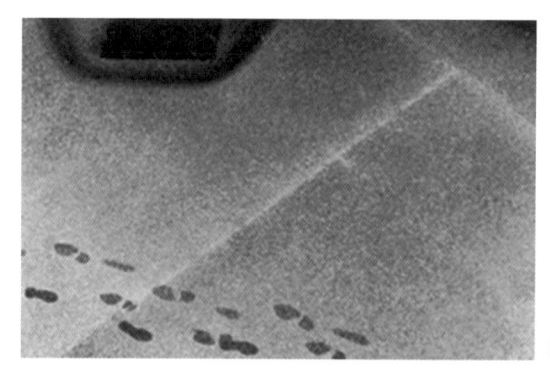

巴黎冬雪（作者攝）

街頭及投宿的旅館中拍了一系列的相片[2]，並且每一張相片都寫了幾行文字。然而他「心不在焉」，拍的景象與所描寫的文字天差地別，比如說：相中是某家平凡旅館的洗手台（無頭無腦，單調莫名的一瞥），文字喚起的卻是春日家鄉田園的回憶；沒有等待，也沒有奇遇，只有攝影者的不在：時間，彷彿可以再重複……。沒有奇遇，或者假裝沒有奇遇的奇遇……。

---

1　Jean-Paul Sartre. *La Nausée*. Paris: Editions Gallimard, 1938.
2　Raymond Depardon. *Correspondance new-yorkaise*. Paris: Libérations Editions de l'Etoile, 1981.

# 誰怕照相？

　　害怕攝影會把肉體或精神的什麼給攝去？二十世紀末的人類似乎已不再有這樣的恐懼了[1]；至少在影像科技發達的文明世界裡，機械和電腦造出的幻象，無論再如何逼真，也很少有人大驚小怪了，而到了二十一世紀今天，科學家正不斷朝更有野心的目標邁進。

　　十九世紀則不然。法國肖像照大師納達，在他老年所出版的回憶錄[2]，曾描述小說家巴爾札克如何對拍照一事深懷恐懼。蘇珊・宋妲在《論攝影》[3]中引述了這段描述，並且進一步推論巴爾札克表面上對拍照的恐懼實則隱含了潛在的職業焦慮：原來巴爾札克對攝影自有一套「稀奇古怪」的理論，他「認為一個人的身體是由一連串數目無限的鬼魅般影像所組成的」，此說法恰好平行於他自己的寫實主義小說觀，根據其觀點（同時也是他的敘述技巧所在），小說中「一個人是他的各種外貌的集合體，這些外貌透過適當的聚焦可以產生無限層意

巴爾札克肖像（維基百科）

義」。因此，巴爾札克對攝影的恐懼在於兩個方面：一則害怕每次拍照，會像切火腿片一般一次被削去一層身體（影像）；雖然如此，巴爾札克仍不只一回接受過拍照之「肉刑」（被剝過幾層皮影——無損於他厚重的君子之軀）；另一則可能是他暗自感受到專業技藝上的威脅，試想：他琢磨文字，慢慢鋪陳而出的一片片寫實場景，攝影竟然可以在短瞬間，幾乎是機械

式地,一會兒功夫便達成,豈不令人又嫉妒又氣餒……。

　　納達在回憶錄中提到當時繪聲繪影愛談攝影鬼魅的,還有其他作家,如(不當真拒絕拍照的)郭提耶(Théophile Gautier)及德聶瓦爾(Gérard de Nerval)等等。有時,是迷信或是科學,僅在一線之隔,兩者還可能是從同一假設出發的。十九世紀末的巴哈杜克醫生(Dr. Hippolyte Baraduc)就跨此二界之邊緣,把當時信仰的機械唯物主義精神推至極點![4] 雖然他的研究現今看來像是無比荒唐的假科學,可是他真的相信利用攝影不但可以取得人之「一層」外在形像,更可捕捉人的「一縷」心情,因為心情也是物理現象,會形成一團迷濛霧氣,在照片上留下痕跡。他專研了多年,甚至還試圖依不同的形狀、質地、密度與分布狀況為這些代表「敏感心靈」的霧氣作了有系統的分類!有這樣自認為嚴肅客觀而科學的研究存在,相較之下巴爾札克的那麼點隱憂也就不足為奇了。

　　事實上,物之外形會剝離成肖似的幻象,四處飄遊,觸動敏感的人心,早在上古時代便有此說。在古羅馬人盧克萊修(Lucretius,約西元前94-55)探究宇宙萬物之本性的詩作《物性論》(*De Rerum Natura*)[5] 中,便寫道:

　　　有我們稱為物的肖像者存在著,這些東西像從物的外表剝

出來的薄膜,它們在空中來來往往飛動著,恐嚇我們的心智的正就是它們。

中譯文這裡所謂的「肖像」並不限指今日所言的人像,而是指那些出自「自然」中,酷肖原物的假像。這些像從何而來?如何能「從物的外表被拋開來」呢?盧克萊修作了十分有趣的推理應證:

也有許多東西能送出物體,這些物體有些是鬆懈而容易消散的,像橡木燒出來的煙和火燄所放出的熱氣——有些則是交織得更緊、凝聚得更緊的,例如當蝗蟲夏天的時候所脫開的牠們發光的外衣,或者當小犢在誕生的時候從牠們身體表面所脫下的胎膜,或者當滑溜溜的蛇在蛻脫時期在荊棘間所遺下的牠的長衣,……既然這些事情能夠發生,同樣地一定也有薄薄的肖像從物被放出,從物的最顯露的外表被放出來。

盧克萊修之所以要探究肖像的性質,主要是從他的原子論發展出來的,或者反過來說,是以這類的現象來支撐他的原子論。他認為萬物均由最基本單位的原子所構成,連同心靈、靈魂,或者可感覺的各種物理現象,其中包括視覺幻像等都是如

此;幻影只是比蛇蛻下的「長衣」更纖薄的肖像薄膜(攝影發明後,就能將這些「薄膜」給掀撕一層,定影後,再顯影於正片中——至少巴爾札克等人是如此理解的)。

盧克萊修進一步說明肖像是如何由原子(「細小的物體」)組成,如何經由原子的運動而可被感知:

> 在物的外表上有著許多細小的物體,它們能夠從物的表面被拋開,同時保持著原來同樣的秩序,保持著它們原來的形式的輪廓,並且還會是更迅速地被拋開⋯⋯。

盧克萊修沒有想到的是,二十世紀初的符號學家皮爾斯提到攝影成像的起源時,也指出物體因光之照射「一點一點」地反應在感光的底片上而留下影像痕跡。所以,一方面就此源起而言,被拍物與影像有著物理接觸的指涉關係(如煙之於火),而另一方面,相紙上所見的影像又與原物有形似的肖像關係。因這樣的雙重特性使得攝影影像有別於以前的類比再現圖像。這點正是二十世紀末最後二十年法國攝影理論的一大研討重點。

盧克萊修以韻文詩體寫作,論原子物性,以自然實例為舉證,同時也是奇妙的詩的意象。他的成像原理雖不完全正確解

釋自然現象,卻頗合乎現代機械假像及電子數位影像的組構形式(畫素)和傳達方式,這也使得他的詩作今日讀來格外有巧合預示的趣味。

再從上古回到二十世紀初。對於像的奇想其實古今中外皆有。民初,魯迅寫中國人的迷信,也有害怕拍照一事,以為攝影會奪外形又傷神(也傷福氣),或也可以這麼說:中國人講的精神不可照,照的話,並不是以巴哈杜克式的霧氣散發出來,而是直接附在巴爾札克式的一層外皮上……:

> S城人卻似乎不甚愛照相,因為精神要被照去,所以運氣正好的時候,尤不宜照,而精神則一名「威光」:我當時所知道的只有這一點。直到近年來,才有聽到世上有因為怕失了元氣而永不洗澡的名士,元氣大約就是威光罷,那麼,我所知道的就更多了:中國人的精神一名威光即元氣,是照得去,洗得下的。[6]

魯迅此處的嘲諷之筆,正合乎卡爾維諾(Italo Calvino)文學之「輕」的優點。雖然表面上他一副謙虛的求知態度(「知道的只有這一點……」),卻不僅嘲笑了中國人對於拍照的莫名恐懼,而且輕描淡寫,以「是照得去,洗得下的」短

短幾個字,就把無知自大(又不衛生)的「國粹派」特別珍重的精神(一名威光或元氣),暗比為遠較蛇皮更一文不值的⋯⋯一層體垢?!

---

1 不過,溫德斯(Wim Wenders)的擬科幻電影卻提出「人有必要憂懼影像」的反例:當夢想與記憶被高科技攝影工具攝取成外顯影像時,人可能會因害怕失去這些影像而患得患失,反而迷失了自己。
2 Nadar. *Quand j'étais photographe*. Paris: l'école des lettres / Seuil, 1994.
3 Susan Sontag. *On Photography*. New York: A Delta Book, 1977.
4 Philippe Dubois. « Chapitre 5. Le Corps et ses Fantômes », *L'Acte Photographique*. Paris: Nathan-Université, 1990.
5 盧克萊修。《物性論》(方春美譯)。北京:商務印書館,1997。
6 魯迅。《墳》。台北:風雲時代出版社,1989。

# 看老照片想故事

……而對面,坐在長椅上的是那位女士,是家裡的訪客,戴著滿頭是花的大草帽及城裡人穿的服裝(想必就是那位忙著操作相機的業餘拍照者的太太——也就是談起覆盆子料理,又提到雨天的那位太太),但她不是在看她,她(瑪莉,那年輕女子,整個人被青銅色的素樸連身裙給裹住、熔鑄在裡頭,一隻手輕按著狗,同樣那隻手也擅於寫粉筆字,也能用耙子翻曬乾草,能荷執鋤頭,也能舉斧劈材),她看的不是她(也不會滿臉通紅,快快地偷看一眼,因為她不會想到任何令她臉紅或需要撇開視線的事情,她早就習慣看著山羊、看著牲畜交媾而不覺得臉紅;只以那種直率、無動於衷而澄澈幽靜的藍眼睛看著):不是看女訪客,而是看坐在旁邊的那一位(也許是和她或她先生一起來的,一起被拖來的;也或許路過時正巧被她那位務農而不識字的老父親給隔著矮籬叫住了,於是就這麼走進來,推開生鏽的的鐵柵門,一邊為他隨意的穿著及靴子上

滿布的白塵致歉,一邊還推卻著,不得不用他手上的玻璃杯頂住酒瓶的瓶頸,說:「一點點就夠了!」然後坐下來,不再說話。)……

小說《草》封面的老照片。[1]

　　一張平常人拍平常人的家庭老照片,引來好奇的注視,也引來這段想像敘事。而這也僅是原文(克洛德‧西蒙的小說《草》[2])截出一小段關於照片中的「**她看的,不是她,而是……他**」。照片負載著拍者及被拍者當事人不可測知的線索。說攝影死釘住某個瞬間,從此再也「出不來」,卻不妨礙(某些)照片在觀者心中啟動時間,讓一種非直線進展的心理時間自行發酵。相片的框無異於通往時光隧道的門扇,指向巴

特所言的「盲域」，讓故事以細節片段不斷湧出，自相湊近連綴，像野草蔓生，也像東西發霉；照片裡的生命再度活躍起來的時刻（霉是活的），也是年久無人理睬的老照片自證其存在意義的關鍵之時。

　　換個比較清澄美好的比喻：觀者對照片的閱讀，猶如連接夜空中時空遠隔的點點恆星，直到連成一個有名目、有意義、有所指的星座圖。每次的閱讀與重讀畫出的聯想星座圖尚且都不太一樣，隨著觀者的年歲以及人生閱歷會慢慢修改。也算是一種大寫的「文本」（Texte）？

　　自從十九世紀中葉，攝影參與家庭或私人生活的紀錄留存以來，不只一般人在書信和日記等私人書寫中會提到相片所帶起的種種感觸（有人曾建議應該好好研究舊日書信中有關照片的話題），小說文學也經常藉著相片來透露角色間的關係，或者反映相片擁有者對某個人、某段記憶的依戀，或者從觀看者對相片的目光流連，激動的省思，進而反射其人格、心境、行為動機。

　　小說敘事對於觀相片時機的運用，有時成為極複雜漫長的演化。就像在《草》一書裡。女主角路易絲，其目光經常與敘事焦點相疊。她先生有位名叫瑪莉的老姑媽病得不省人事，命在垂危。路易絲翻看她留下的一張老照片，試圖就她對這個家

族史背景的認識來解讀相片。她不只辨識人物，且就照片實存的景物細節推敲想像。於是她「看」到的不再只是定影的偶然瞬間，而是像動畫故事（可以注意到敘事過程中也有類如跳接省略的蒙太奇），緩緩進展，隨其想像在細節處逗留，注目形成了特寫鏡頭（鐵門上的銹、靴子上的灰），結果，既編造了拍照前後可能發生的事，又屢次複習著相中人物的平常事：瑪莉（在學校當老師）寫粉筆字、（也協助家中農事）看顧牛羊，甚至還提到黑白照片根本看不出來的藍眼睛⋯⋯。

那是一張在花園庭院裡拍的照片，像是親友春日的小聚會。人物兩排相對，坐在花園的長椅或鐵摺椅上，與拍照者這端形成三角形，中間還放了張桌子擺飲料。人都死板板地坐定，不像是在享受閒暇時刻，而是為了等待拍照完成。原本日常生活已很嚴肅的傳統農家，這時只能顯得更僵硬了。而最僵硬的莫過於穿著笨重衣裙的瑪莉姑媽（坐在我們正對相片的最右邊），她的衣裙被形容為銅鑄般的硬殼，和椅子及那條黑狗幾乎是用又黑又硬的同一種素材連鑄成了一體。也不知是誰最先察覺和聯想到的，圖像史上最接近這位女性小說人物的，或許是塞尚（Paul Cézanne）為其終生伴侶（後來的塞尚夫人）所繪的油彩肖像。

家庭生活與私人生活常有重疊，可互相包容，但絕不可言

塞尚,《塞尚夫人畫像》,1980,紐約大都會美術館

對等,至少不是時時如此,因為牽涉到「歷史」性,而照相發明的時代正巧應合了兩者開始接近混淆的時代,很多人開始把家庭視為私密生活最實在的地方(而社會意識形態隨之凝

聚），但實際上未必真是如此。在這張親友聚會時拍下的家庭照裡，公與私的生活交界，猶如花園正位於居家空間的裡外邊緣：明擺於前的是屬於休閒與社交時刻的非正式合照，再加上該有的拘謹、合於節度的對外姿態。因家庭照一如家庭本身，預設自身時時處於社會中，必要的是自造好的「形象」給他人／外人看（而這個「形象」又早已是公訂或約定俗成的，彷彿已有既定的鑄模）。在二戰後成長的晚輩路易絲好奇的注目下，面對這猶如舞台的景象，不禁陷入了遐思，揣想那位為了扶育幼弟而終生未嫁、自年輕時代就看起來硬梆梆的瑪莉姑媽：豈不會想合理地懷疑，在她這一輩子可曾有過一絲絲動情的時機和希望？她眼前的這張照片是否無意間有掌握到任何蛛絲馬跡？路易絲的聯想，把星座裡的點點恆星如萬花筒般翻轉起來。她從照片的平白描述出發，一再地「離題」，隨意延展，直到擴充到足以跨接整部小說的故事時空，於是在聯想過程中，一再要提醒讀者的是老父為一名不識字的莊稼漢，一心望子成龍（後來兒子真的成了語源學教授），靠著女兒瑪莉幫農事之餘又在小學教書，讓識字真正成為晉升社會地位的手段。照片本身無法顯露的訊息，唯依靠觀者以言述將周邊訊息帶入。路易絲的一大發現（或者是因她太渴望故事而捏造的）是照片中瑪莉正看向對面一位不知名的青年男子，從**她**看

的……是他，路易絲開始猜想種種的「也許……」，於是本來只是「也許」的想／像，想的，漸成為像，如電影畫面一幕幕具現在路易絲心中，幻化成一段無人知曉且久已逝去的回憶（卻不知可曾帶有悔意？）。正因對路易絲而言，男子的身分不明，所以可有這番猜測的空間。

　　此處路易絲看著照片想的故事，一如整本小說其他的部分一樣，敘事乃靠著進行式動詞、時間或地方補語、連接詞，以及不停開合的層層括弧，織成不斷（也斷不得）的思路，如草長高、如發霉，每每十數行文字才肯劃下一次句點。這是小說家西蒙鍛鍊文字，在敘事手法上形成特有的風格魅力。照片因而不再只是這部小說內容裡出現的一個物件，而是透過它，可以好好料理情節：將框內所見向外翻、解形、擴散，又把框外整個捲吸而入，加油添醋！如此，描寫照片之舉（路易絲或者敘事者之聲），積極地參與了敘事（編想故事）結構的建造工程。我們的閱讀即跟隨那線性文字步步前移，卻彷彿走進了無以預見終極之形的迷宮。在閱讀過程中用掉的時間已被文字空間化，不覺前行遠近如何，而西蒙要我們突然驚覺到：時間不規則而無形的力量如何緩緩變化了一切。瑪莉姑媽堅如銅鑄，她的生活真正應合了「數十年如一日」那句俗話：原本可能有的一段情與發展，後來可能沒了下文！而有一天，有人回顧照

片時才忽然發現,曾幾何時那或許為了守護自身的銅鑄之像早已生銹了。

西蒙學過畫,也喜歡拍照,有段時期生病在家,不斷凝視著床邊窗景。後來他也出了一本攝影集。可是他在小說裡強迫讀者要透過文字去想像的畫面圖景,卻似乎比任何真的照片更精彩、更可觀。

---

1 翻拍自L'herbe書封面。
2 Claude Simon. L'Herbe. Paris: Editions de Minuit, 1958.

# 巴山夜雨：照片裡外的時間

「你將離開一陣子，我想為我倆拍照。拍好的照片，你要帶著去遠方，我也會留一張，看著照片，在此思念。當你回來時，我們重聚了，會再一起看這張待會兒要拍的合照，也許到了那時，我們將會重新憶起分離兩地的相思心情，也將回想起今天，想到合照此刻的情景，還有那窗外秋雨打在陽台遮板的聲音……。」

（在數位影像和手機尚不存在的往昔，並沒有太久以前[1]）也許我們都曾在拍照前，或甚至就在相機快門按下的那一瞬間快速閃過這番思緒，自覺或不自覺地，既清楚又恍然，霎時間已在心中預演了一趟觀相片的時空之旅——仔細想想，這竟是那般複雜交錯的時空往返：就在那短暫瞬間，從拍照的此刻出發，預想來日被拍者分在兩地看相片的情景，而這個預想中的未來隨即又變成了過去，變成相對於（也是預想中的）更遙

遠未來的過去，因為在那更遙遠的未來，兩位被拍者已再度重逢，再要回想起相中一人不在場（我在而他不在）的那些時日，甚至，還回想起拍照之日，分離之前。拍照的現今起點，成了繞轉未來、更未來後再回看的「過去」。這一切好似此刻拍照的目的就為了超越時空，跳過未來，讓現今（將離開）與未來（已離開），都早早在想像中（又重聚）化成了過去。這一切的來來去去，在拍照當下，尚且都停留在想像中。然而親愛的人拍照的過程，說是儀式也好，不是亦無妨，也許就是為了熬過分離等待的一種心理預備，藉著那小小輕薄的一張相紙來承載希望。

這樣的情境豈不似曾相識？讓人想起一千多年前唐代詩人李商隱所寫，膾炙人口的〈夜雨寄北〉一詩：

君問歸期未有期，巴山夜雨漲秋池。
何當共剪西窗燭，卻話巴山夜雨時？

比起上頭我們那複雜的、現象學式的分析說明，不禁令人讚美李商隱的文字簡練，情濃而意象豐富。不消說，攝影發明之前人類早有同樣的（「千古」）思情，且早已能如此藉著文字捕捉想像中心情所寄予的複雜時空。而史塔羅彬斯基（J.

Starobinski）對「想像」的理解正是：

「想像」（imagination）潛入感受中，融入記憶的程序中，在我們的四周伸展地平線，充滿種種可能 [……]，想像的能力並不止於喚起形影（image），疊合在我們直接感受的世界之上，它還是一種分裂的力量，有了這種力量我們能夠再現遙遠的事物，並使我們自身脫離眼前的現實。[2]

拍照前的這番時空想像也應當是這一類民間攝影行為中的第一個幻想，有點像是精神分析所講的幻想（fantasme）：也就是在心中編演一套劇本，讓欲求對象在想像中實現。或者不只是幻想，不止於幻想，而是潛在的拍照心理動機：將拍照、尚未拍照的時空隙縫之間，露出的一絲光線，足以銜接現在、過去與未來。

當然，聰明的讀者必然早已發現在一開頭編想的台詞中，為了拉近現代人拍照與古詩作的情景，增添氣氛，我們故意加上「窗外秋雨打在陽台遮板的聲音……」！這麼做，還有另外的目的：秋雨正是詩中連接現在與未來的意象，李商隱不惜原原本本地重複了兩遍「巴山夜雨」，成為詩作修辭強度的有效策略。「巴山夜雨」因而有著自足的，濃縮全詩意境的象徵意

味,已成為四字典故。我們亦樂於用它來為上述留念照的心理動機命名,就稱作「巴山夜雨」的拍照動機。

我們也可進一步用「巴山夜雨」來擴大涵蓋民間用途的攝影動機。對約翰‧柏格來講,親人的留念照也與時間的拉距有極大關聯。柏格總是不遺餘力地揭露各種影像用途的謊言,探討背後潛藏的社會階級意識等等,因此讀者可能會訝異他在〈一種民間攝影用途〉中不像其他社會學家攻擊家庭照,反而給予親人照,尤其是即將遠離的親人的留影,一種正面的評價[3]。換言之,照片象徵著對時間的主動掌握,或者就另一層次(宇宙時空?什麼主義的哲學?)來考量,更是以照片所能提供的「永恆」(超越時間的經驗)來抗拒「歷史」。

柏格從一張照片談起,相中一名婦人眼神凝重地看著整裝待發的丈夫,歷史決定他得出征。歷史,曾經不同於時間:

當時間與歷史尚未混淆前,歷史變化的節奏相當慢,因此「對時間流逝的感覺」完全不同於「對歷史變化的意識」。每個個人的生活幾乎沉浸在不變當中,不變又沉浸在超越時間的永恆中。從前,個人生命裡對時間的挑戰時刻,好比投向窗外的一瞥。窗子開向未來——只見緩緩前行的歷史——而更遠處,眺向了永恆;永恆看起來,全然靜止不動。

那是進入現代以前的世界。然而，

到了十八世紀，歷史變化的節奏開始加速，產生了「進步」的觀念，「永恆」就被歷史擒住、霸佔了。天文學開始為星星劃分歷史；荷南（Ernest Renan）為基督教劃定史實年代；黑格爾將形上學歸於歷史演變；達爾文給萬物起源找出歷史源頭。

進入工業時代以後，這種進步歷史觀更無孔不入地切割了每個個人的日常生活，從此揮不去的是現代特有的焦慮感。然而，小小的親人照，微弱而堅持地具現了人類「解開」（dé-faire，就像解開鞋帶或把床鋪弄亂，把原有的順序打亂）時間的能力。是以，人們珍惜的每一張照片都是在強調：

歷史無權來摧毀他們所擁有的。這些照片，就如窗外一瞥的留蹤；窗外，比歷史更遠處，開向了永恆。

因此，婦人與兵士的凝神對看，其實正是象徵性地互相拍照，用心留下彼此熟悉的身影。

最後，關於「巴山夜雨」，還有個文圖差別，也許正是攝

影的遺憾：李商隱可以將他的心情與時空想像寫入詩中。拍照的人卻無法藉攝影本身捕捉拍照前後的時空想像，因攝影囿於迎對此時此刻的影像，欠缺這樣後設反身的自辯能力——只得借助語言來追溯⋯⋯

母親與女兒，彰化縣北斗，1940年代 [4]

---

1 這句話當然是我們在這回重新出版這本書的時機，為了因應攝影文化的巨大變革所增補的。
2 Jean Starobinski. *l'oeil vivant, II*. Paris: Gallimard, 1999.
3 John Berger, Jean Mohr. « Un usage populaire de la photographie », *Une Autre façon de raconter*. Voix / François Maspéro, 1981.
4 翻拍自家族老照片，作者自藏。

# 奇怪的照片小故事:〈攝影小史〉

　　華特・班雅明的〈攝影小史〉是1930年代初他參閱當時新出版的幾本攝影集後,有感於百年來攝影之發明對人類社會的種種影響而寫。熟悉攝影史的人都曉得這篇短短的論文有許多關於攝影歷史的誤解:班雅明一開頭就弄錯了攝影家活動的年代,又把法國人尼葉普斯(Joseph N. Nièpce)及達蓋爾(Louis Daguerre)所發明的無以複製的獨件銀版照相術(daguerréotype)與英人塔伯特(William Henry Fox Talbot)的正負片卡珞照相術(calotype)等混為一談;像他極為讚賞的悉爾(David Octavius Hill)所拍攝的人像照,用的其實是卡珞版,而他也過於強調悉爾的地位,忘了還有合作的亞當森(Robert Adamson)。他的撰寫方式以現今論文的標準來看也有令人爭議的「不嚴謹」之處:他有自己一套從一事銜接另一事的隱喻／換喻邏輯,因之有時段落長得如走不盡的山路(常見的英譯本自行作了不太有說服力的剪裁分段),

且不但長篇抄錄他人的文字，不記明出處，也未標註引文前後的引號，還誤解了法文的資料。他愛蒐集引文，用時卻又不認真校對……。

這些情況在甘特（André Gunthert）1996年於法國的《攝影學》（*Etudes photographiques*）[1] 創刊號上登的新譯法文版作了考證，在班雅明的文字與引文之間重新加上了引號界框，並盡可能找回原出處，在譯註中載明。班雅明會在不同的文章裡用大同小異的段落文字，只需比較〈攝影小史〉及〈技術複製時代的藝術作品〉便很容易看出這點，解釋「靈光」（aura）的風景比喻便是明顯的例子。自我反覆引用的現象也常在別的作家作品中見到，並不值得驚訝。可是班雅明的互文（intertextes）有時峰迴路轉，出人意料：根據甘特的註釋，他在〈攝影小史〉中描寫自藏的一張卡夫卡童年的肖像，日後於其他文章又多次引用、衍申；如次年出版的《柏林童年》，這段描述竟轉用來形容他自身，換言之，他反過來認同了他早先以文字形塑、讀解的相中卡夫卡！

其實在凝視卡夫卡童年相片時，他先將自身感受借予卡夫卡，投射在相中幼童身上，在後來寫的自傳中又回頭反照己身。這樣的繞轉實非多此一舉：類如引用典故，是借用他人的故事及其連帶未明言的意義來充實原有的想像。就像《明室》

中羅蘭・巴特對照片的特質先已有了一定的認識，而後從電影《費里尼的卡薩諾瓦》裡跳舞的機械舞孃身上再度看出相應於照片的那些特質；又因機械舞孃之為機械舞孃，使他進一步領悟到觀者對相中人的情感真相會是帶有幾近瘋狂欲望的悲憫。同樣的，班雅明借給卡夫卡的，卡夫卡因是卡夫卡，能以自身更豐富的符號性轉而激盪了班雅明自傳的回音交響。一種滿篇盡是東抄西錄之引文典故所組成的自傳，不是不能想像的。

不過最奇怪的變相／變向引用，應當屬朵田戴（Karl Dauthendey）夫妻的一張合照，與班雅明描述文字間的落差扭曲。甘特指出：朵田戴之子邁斯（Max）「在回憶錄中簡敘其父第一任妻子去世的經過，並提到夫妻倆年輕時的一張舊照〔……〕，說：『照片上還絲毫看不出來日厄運的跡象，除了我父親那充滿陽剛氣勢的眼神，陰鬱、逼人，顯得年輕氣盛的魯莽，易傷害到定神看著他的妻子。』」可是邁斯描述的並非班雅明附在〈攝影小史〉的照片，刊登的那張其實是朵田戴與第二任妻子芙芮笛（Friedrich），不是割斷動脈的第一任妻子。班雅明編的故事卻說：「照片中的她，倚在他身旁，他好像挽著她；然而她的眼神越過了他，好似遙望著來日的悽慘厄運。」甘特於是評道：「班雅明搞混了兩任妻子，還借用詩人邁斯引述中的『事後先知』（prophétie rétrospective）技巧，

朵田戴，《與未婚妻的合照》，聖彼得堡，1857年9月1日。[2]

但是將原屬男子的眼神移置給女子的目光，為這張相片作了複雜的建構，全然一派幻想。」

如蘇珊‧宋妲所言，收集引文雖可視為「嘲諷式的擬態」，但這並非班雅明的氣質與意圖。他組合典故與圖像的方式比框取現實的拾荒攝影者更恣意、更主觀，彷彿是在強調他身為讀者的自由聯想權利。可是朵田戴夫妻肖像的誤引之例特別弔詭：表面上班雅明不忠於文中與相中的真人世界，依隨己意作了文圖拼貼，但是他在這裡要證明的卻正是透過相片承載之原被拍者的真實性（實實在在地活過）。換言之，他參照邁

斯的感觸,卻看著無關那段敘述的另一張照片,由相中人的眼神獲得啟示,誤憶／改寫了邁斯的故事,至此故事算是虛構的,與原來人物的經歷已脫節。

班雅明編的故事令人想起他在〈說故事的人〉[3]一文中為「小說」下的一個定義:「照片中的她」成了一個小說人物,她的生命意義已經完成,閱讀她的故事是由終結意義所在的死亡所先決,這點只有在可追憶的(過去式)小說中才有可能,非存活中的人生經驗,我們在活的進行式中是無法掌握我們整個人生意義的。

不過這「虛構小說性」並非此處重點,真正要強調的反而是關於古老相中人另一普遍真相,即被拍者的(過去)絕對之真。這種真實感是來自被拍者(眼神)所暗示的時間性,時間的延展,相中此時此刻足以凝聚的是回顧與前望的過去未來,這正是攝影影像的神奇價值?

觀者感覺到有股不可抗拒的想望,要在影像中尋找那極微小的火花,意外的,屬於此時此地的;因為有了這火光,「真實」就像徹頭徹尾灼透了相中人——觀者渴望去尋覓那看不見的地方,那地方,在那長久以來已成「過去」分秒的表象之下,如今仍棲蔭著「未來」[4]。

就是這種價值為繪畫遠遠不及。

法國十八世紀作家狄德羅（Denis Diderot）[5]說肖像繪畫特有的自主性在於年代久隔之後，當人們無以確認像中人身分，也不確知酷似與否時，肖像便取代了指涉的真人，彷彿不再有指涉對象存在於畫像之外，不再需要那對象，此時，畫像成了自足的真實，人們仍會感覺到畫中人很「逼真」。狄德羅不忘指出這點全靠畫家之藝術造詣所致。班雅明對攝影者「藝術造詣」的看法比較複雜，「藝術」與「（逼）真」之間甚至有意志衝突：攝影影像似在拒絕切斷與原被拍者的關聯，因之攝影的肖像（猶指攝影早期的肖像）具有一種強烈的生命暗示，相中人的活力逼現，歷久彌新，只為了確證自身曾有之個體存在，「不願完全被『藝術』吞沒，不肯在『藝術』中死去。」

班雅明的誤釋或誤憶不也是悟（異）意？

---

1 Walter Benjamin (trad. André Gunthert). « Petite histoire de la photographie », *Etudes Photographiques*, No.1. Paris: Société française de photographie, novembre 1996.
2 《與未婚妻的合照》翻拍自 *Etudes Photographiques*, No. 1, Paris, Société française de photographie, novembre 1996，頁10。
3 Walter Benjamin (trad. Maurice de Gandillac). « Le narrateur », *Essai 2, 1935-40*. Paris: Denoel / Gonthier, 1971.
4 華特・班雅明。〈攝影小史〉，《迎向靈光消逝的年代》（許綺玲譯）。台北：台灣攝影工作室，1998。
5 Denis Diderot. « Salon de 1767 », *Oeuvres esthétiques* (éd. p. Vernière). Paris: Garnier, 1968.

3

# 日常與無常：讀巴特的《服喪日記》[1]

> 好漫長，沒有她在[2]。
> (Comme) c'est long, sans elle. (3 octobre, 1978)
> ——Barthes, *Journal* 215

一、

　　羅蘭・巴特（Roland Barthes, 1915-1980）在母親去世的隔夜，也就是1977年10月26日起，在筆記卡紙上寫下悼念哀思。其後兩年間[3]，他時斷時續地寫，有時簡述激起回憶或感想的生活小事，有時反思自省，有時三言兩語，僅記下當日的傷慟心情：「哀傷；十分哀傷；哭了；大哭了一場……。」1980年2月，巴特不幸車禍，隨之引發肺部痼疾，於3月26日過世[4]，後人已無法確知他原本打算如何處理這個有獨立專屬資料盒裡的紙片日記了[5]。經過了二十多年的時光，直到2009年初，在家人的同意與協助之下[6]，這批手稿經過整理後終於正式出版，在五卷《巴特全集》問世之後，又添了一部巴特私密生活書寫的著作。這本《服喪日記》（*Le Journal de deuil*）與巴特同時期的其他書寫構成了緊密的互文相映關係：最重要的當屬1980年1月出版的《明室》（*La Chambre Claire*），是透過攝影為了紀念母親所建立的文字紀念碑；再往前推，1977至78年間，他在法蘭西學院的課程講綱《中性》（*Le Neutre*，2002年出版），其內容一如蒙田（Michel de Montaigne）在《隨筆集》（*Essais*）裡所表述的，乃因面對（他人的與自身將來的）死亡，而激發對生與死的深刻哲思，提出以「中性」為哲學微素（philosophème），以「無為」（rien faire）為其實踐；接著，在次年度（1978-79, 1979-80）的講綱《準備寫小說》（*La Préparation du roman*，2003年出版），巴特表明以普魯斯特為認同對象，以主體的復返為作家宣誓的陳述立場，以「俳句」（Haïku）為範式，探尋介於散文與小說之間，或非散文非小說的「第三形式」（la tierce forme; Barthes, *Le bruissement* 317）；其他還有為《新觀察者》（*Le Nouvel Observateur*）畫報定期撰寫的專欄、許多文藝短評，以及僅存綱目筆記手稿的《新生》（*Vita Nova*）等，無一不與巴特喪母之慟有著或近或遠的關聯。綜言之，《明室》所揭示的兩大主題：愛與死，牽繫著他喪母後的主要創作。除了仍為構思階段的《新生》之外，與上述這些結構完整的文本相較，《服喪日記》的出版，讓讀者瞥

見了另一「前−書寫」的巴特,文中充分流露了思母之情,短短數語,每每令熟悉巴特的讀者為之動容。

這些公開發表的著作和講學語錄,在巴特去世後陸續編整出版,顯見巴特在服喪期間,也就是直到他去世為止,他的創作力始終活躍不懈、勤快而密集,在質與量雙方面都很可觀,呈顯出晚期巴特豐富細膩的文采,也難怪近年來法國的巴特研究又掀起了新一波的高潮,且(如其所願?)將他視為一位「作家」(而非僅是理論家)來研究。巴特一再於其文章裡提及喪母這件事,他不但正面確認喪母對其寫作的影響,並且明白表示為了不讓母親的記憶消失於人間,他必須努力確保自己的書寫名聲,讓自己的作品得以流傳於世。只要他的著作仍有讀者,母親的存在確證與紀念也將留存下去。巴特為著這一出自愛的承諾,即使日記中的他顯得孤獨自憐,脆弱感傷,仍無阻於他充分發揮知性的活力。讀者面對如此豐碩的創作表現,實不感到訝異。事實上,平日活動方面亦然,他在日記中也自承,在朋友眼中他顯得何等「正常」平靜[7],保持一貫的規律生活習慣,彷彿一切如常;換言之,他自知表現出來的是「如眾所願」地節哀度日。巴特向來十分在意自己的公眾形象,唯恐成為社會符號恣意施暴的對象。而在此非常時刻,他仍繼續捍衛自身的私密性權利。也只有外在的謹守節度,才能應合

他所重視的倫理觀。此因對他而言,不使他人憂心,也正是他從母親的「善良無邪本質」那裡學習到的美德。然而,另一方面,「繼續過正常的日子」依然使他感到更孤單而悲傷。他多少帶著孤芳自賞的執著心態,吝惜自身個體獨有的傷慟,確認這是只有一己可以承受之事,他人絕無以分憂。也或許因此,只有在日記中留下了他哀愁心情起伏的痕跡,「書寫」——或是一種「前－書寫」、「前－文本」——在此展現了一種特殊的、與書寫者的個人性(或巴特偏好的用詞「我的身體」〔mon corps〕)有著直接及物(transitivité),或說指涉性(indicialité)的密切關聯。

筆者在此試著以「前－書寫」、「前－文本」來指稱,也意謂著這些日記「原則上」是巴特為了自己寫的,其內容未加修飾,也未經整理過。但整體並非零亂無序,而有極高的同一性,徹頭徹尾一致緊扣著為母服喪的母題及其密切相關的子題,如時間、孤獨、懶散、夢魘、回憶、善感、書寫等。編排出版後,保留了日記斷片格式和文字間許多的空白,一方面提醒其「前－書寫」的源初樣貌,另一方面在有些學者(如Eric Marty)的討論中,已足以形構「文本」的堅實完整性,而實際上又不失開放多義閱讀的可能性。倘若順著巴特過去提出的議論,即主體乃是語言所建構的結果,則這本日記也經由

語言試圖建構一個為母服喪的憂鬱主體。但是,與其說是有意識的「建構生產」,在找到新的定義用詞前,我們不禁要問:浪漫主義者所言的「衷心宣洩」在此是否仍有幾分貼切?不過,巴特畢竟不是浪漫主義者,這些日記除了吐露哀傷之外,巴特在文中所表現的明晰自省,格外令人印象深刻。而「明晰自省」本身實也融入了屬於「哀傷」的一種修辭表意。然而,這些後設的自我觀察與批判並不帶有自我疏離剖析的殘酷,絕不致於讓讀者感到作者是在自虐自娛,好似因為已預知偷窺私密者的存在,也就先行分化自身,在文中展演雙角般的內在衝突⋯⋯。關於日記中的自我觀察,有不少細節顯然極易應合佛洛伊德對服喪及憂鬱的進程分析,而正因巴特本身對這一學說十分熟悉,有時會自行點明其義,但面對科學的普遍論又顯得若即若離。最明顯的是在1978年12月,他記下自己正處在「自我貶低時期(服喪的經典作用)」(Période d'auto-dévaluation〔mécanisme classique de deuil〕)(230),也就是說,依據傳統精神分析之見,服喪這部自行運轉的機器必然要輪到「自我貶低」的階段。事實上,從一開始,他早已預知自己在這段日子的經歷,必然要信靠人皆有之的「一般性或普通性」,即使那也屬於「內在於我的一般性」(En prenant ces notes, je me confie à la banalité qui est en moi.－

29 octobre 1977）（27）。但是過了一年多以後，他仍不得不承認：「普通——死亡、哀傷，都沒什麼，只是：普通」（C'est banal－La Mort, le Chagrin ne sont rien que: banals）（233）。換言之，他可以澄明地面對知識所提供的種種心理解析。然而，面對自詡放諸四海而皆準的知識並無助於個人的傷慟釋懷。巴特在服喪期間，交錯著自我省思的過程中，不得安撫，難以慰藉，不斷重複著自我肯定與否定、積極與消極、樂觀與悲觀，不時激動到落淚，幾乎情緒崩潰，久久不能自已；面對自己心情的起起伏伏，有時以為已能了悟，卻又不然；以為此後將可緊守悟得之道、決心力行自己的決定，卻又一再反轉、疑慮、否絕；這一切看似無來由，究其原因永遠只有同一個：母親已不在，永不再！這就是為什麼我們先前會說他日記裡的「明晰自省」本身，實也融入了屬於「哀傷」的一種修辭表意。無論如何，巴特從一開頭即有心接受和認清自身的服喪工作，縱使得面對必然的「一般性」，仍決心要以個人（情感）出發，去體會屬於他的服喪特質，甚至重新加以定義。正如他很早之前所指明的，任何藝術企圖應當有的努力是「將可表達者不表達出來」（inexprimer l'exprimable）（Marty, « Contre la tyrannie » 64）的弔詭，也就是說，語言應當努力的，是面對已存的詞語，已成慣用通見、意涵承載過

滿之詞,如何使之清新、懸置、滌化,釋除時間陳腐的負擔。這是他即使深感哀慟仍要堅持的。

如此,我們順著時序讀這兩年間留下的日記,簡語斷片之間,彷彿可貫穿成起起落落的敘事節奏,足以領會他在薛西佛斯痛苦的反覆來回中如何服喪,如何在哀傷之中面對日常生活與外面的「世界」,承受不可承受之生;其過程中雖有一連串特定事件的時間點,但是除了一張母親幼年時期的留影,即有名的「冬園相片」(la Photographie du Jardin d'Hiver)的尋回之外,也許並無真正的「轉捩點」(使他終能走出憂鬱),只有持續的「緊張狀態」(tension),綿綿不斷。這樣的節奏便讓人想起他在1979年寫的〈喜愛舒曼〉(« Aimer Schumann »)一文[8]。他描述舒曼鋼琴曲那無形無狀,因果不明,令人摸不透、缺乏明顯辯證性的結構,「那音樂既散落又合一,持續不斷地在『母親』的光明身影之下得到庇蔭」(C'est une musique à la fois dispersée et unaire, continûment réfugiée dans l'ombre lumineuse de la Mère)(Barthes, *L'obvie* 263)[9],這哀悽之美,或許就是《服喪日記》整體氛圍的詩意寫照。

因諸此種種的矛盾並存,「傷慟」(la douleur)在此情境下,其強度有時足以形成對書寫(語言／主體)的威脅,但

同時又能成為一份力量，此即研究《明室》文本發生學之學者勒柏哈夫（Jean-Louis Lebrave）對於書寫vs.傷慟所採的戲劇化角力觀（104）。而最後，至少在《明室》的撰寫過程中，是書寫佔了上風。就在日記進行的同時，巴特也確實在書寫創作上達到了具體的成果：紀念母親的《明室》終於在他去世前及時出版了；我們也看到巴特為自己餘生所規劃的書寫「大計畫」（le Grand Projet, 213），已在《準備寫小說》裡醞釀著，兩者皆汲取了日記中的痛苦思慮。或者應當說那「傷慟」成為動力，源自於愛。如果愛，既然愛，正因為愛母親，所以巴特要寫《明室》，以文字為母親建立紀念碑，小心翼翼地呵護母親在他筆下留予世人的原樣（而不是構造「形象」）。而母親的愛留予他的，是讓他面對自身消逝前的餘生，帶著無限鄉愁，追尋難以論證之絕對美德。又如果愛自己，為了愛母親而愛自己──不傷自己，才不傷及母親對他的愛（266）──那麼從此要以探究小說書寫來改變人生，踏上人生後半路途，因此，他審慎構思著《新生》。這一切似乎為巴特這個人物寫好了完滿的故事推進因果。可是，我們讀過了《明室》、《準備寫小說》和其他長短篇文章，現在又有機會閱讀《服喪日記》，雖已知後者在先，竟仍隱約感受到「已發生、未發生」的暈眩，或說是小小的⋯⋯瘋狂，巴特名之為「悲憫」

（Pitié）：彷彿我們讀著《服喪日記》，仍要為他擔心：如何一個人活下去呢？巴特在日記裡反覆提到心理學家溫尼寇特（D. W. Winnicott）的分析（133, 170, 217, 220），即心理患者對於已發生的災難心有餘悸，仍不斷害怕災難將至，使得已經過去之事還不斷被拋向未來，不斷因其將會發生的幻想而恐懼害怕。巴特對於母親之死帶有這樣的心有餘悸──一而再地害怕（已死去的）母親將會死去，會再度失去她。我們知道這「心有餘悸」的心理，後來經過巴特的聯想與轉化，移置於攝影的「刺點」（*punctum*）第二義，作為一種體認「此曾在，已不再」的時間強度，並以照片中的死刑犯為例，他的死，已發生、未發生，此即攝影本質的深刻領會，也是幾近瘋狂邊緣的感悟。同樣的，我們讀《服喪日記》，彷彿陷入了類似的害怕漩渦裡，害怕的是巴特無法走出其沉重的哀傷……明知其哀傷已昇華、成熟，發展為堅實內容的文本著作，可是當一讀再讀《服喪日記》時，字裡行間似可感覺到巴特的哀傷如此歷久彌新，已過去而未過去，彷彿書寫著作的「昇華」絲毫沒有減損其哀傷的強度。巴特必然直到自身死前，依舊活在為母親的服喪之中；甚至可以說，《服喪日記》使得（已去世的）巴特猶仍活在我們的閱讀當下，一直在服喪的現在進行式當中。巴特去世了，如今四十多年已過去，可卻一切還在。

巴特曾經提出許多文學閱讀上深具啟發性與解放意義的概念，而晚年的巴特仍一反眾論，在談論普魯斯特書寫時敢於表達其理想的期許，質疑「客觀科學方法所依之普遍性的神話」（Bonnet 157）。在《準備寫小說》講綱的起頭，巴特更明白地祈求前來聆聽其課程的人能夠接受「私密經驗可以提昇至理論客體的層次」（Bonnet 157）。我們面對其哀傷，雖仍充分意識到其文本如何不得不由「哀傷」的多樣修辭表意所構組而成，卻又何不能以同情心面對這「悼念者絮語」？即使知道傾向概念化和普遍化的理論仍伺機以待，終將反撲，但何不先順隨一個性情中人的主體「幻想」（fantasme），進入那「只有和母親相愛的孤單孩子」（Barthes, *L'obvie* 260）的世界？

## 二、

　　《服喪日記》出版後，自然引發相關的思索研究。有的是在研究巴特其他著作時，以這批手稿內容作為參照求證的資料，比如以文本發生學針對《明室》手稿以研究作者如何推敲陳述動詞的過程，便從日記書寫中揣測其選擇過去簡單式時態的契機（Lebrave）。《服喪日記》值得與同時代巴特其他著作進行仔細而繁複的互文研究，可是那必然是件浩大的

工程，非這篇論文篇幅所可處理。因而筆者在本文接下來的部分，只打算專注於閱讀這本日記的敘事文本，作主題式的閱讀。因巴特在寫作生涯中一直非常關心日常生活的符號運作與閱讀，也從日常生活經驗中借用了許多隱喻概念和話題（Sheringham）。筆者在服喪日記諸多子題當中，便選擇從「日常生活」為主軸切入，再會合其他相關子題，如孤獨、他人、日用語、喜好、時空觀等。由此，試問：在這本《服喪日記》裡的人物巴特，如果愛，日復一日，他將如何生活下去？我們已知他為自己設下了書寫的「使命」，勉勵自己一定要完成一本為母親寫的書，但除此之外，這則故事的根本基底，亦即每日的日常生活層次上，他如何自處？生活細節中有哪些被認定「值得一記」、不能不記，如何成為日記的針對對象，日記記載者的意向所指？而從日常生活當中又是如何激起回憶、刺痛其心？巴特孤自一人必得繼續日復一日的生活，而在此同時，他又如何一再被「無常」的虛無感所警（驚）醒？然而，要在這些日記斷片間，從閱讀的紛亂感受之中，找尋這些問題的迴響，意味著勢必要從中織理出某種秩序，連綴出邏輯因果性，即通向論文書寫所不得不闢出的路徑。就在此自覺意識之下，我們試圖述說巴特所歷經的服喪工作。

我們先從1977年10月27日，也就是巴特母親去世後的第

三篇日記談起。這則日記首先關係到一個日常生活例行的事：

1977年10月27日
每天清早六點半左右，外面還是一片漆黑，傳來垃圾桶鐵皮的吵雜聲。
她總會舒一口氣說：黑夜總算過去了（她夜間總覺得特別難熬，孤自一人，實在難忍而殘酷）。

這篇日記首先是帶有寫實風格的場景。巴特想必那天清早又一次聽見了倒垃圾的聲音，想起母親夜夜難眠的折騰。然而，當母親已不在，這段與日常例行事相連的回憶，描述那曾經一而再重來的經驗，卻話中有話：黑夜，曾經代表的是母親的病痛，黑夜的結束代表痛苦已然過去；如今，黑夜結束，彷彿又意味著母親已死，已永遠不再受病痛折磨了。而倒垃圾的日常動作，有除舊布新之意，在此竟有些許反諷的雙關語意，此後，巴特將迎向什麼樣的新局面，什麼樣的「新生」？對巴特而言，他守候看護母親病痛的艱苦歲月已成為過去；和母親一樣，兒子也「解脫了」。但是，沒有母親的孤獨長夜才將開始。

對巴特而言，服喪不是明白界定的，我們在日記中看到的

是他一路學習服喪的步步歷程。巴特從第一天起,便不斷思索、修正、向自己勸說「服喪」究竟為何物,並且在與他人交流時不斷引發他事後(在日記裡)的思辯、論爭、反駁。若服喪終究指的僅僅是一個(明確劃定期限與否的)時段,但絕不該視為一段「生病」期、或等待痊癒期,如同他身邊人看待他的方式(18)。相對地,巴特期望更莊嚴以待(22)。然而,實際上他對服喪的描述卻往往涉及某種非常接近物理性質的用語,關注的是強度(20)、深度(38)、尺度(29)。換言之,巴特並不自然而然進入其中,反而經常自覺是處於其對立面,難以融合,難以應對,在他的感受比喻之中,它是成塊的(38)、混亂的(41)、不動如山的。而有時他擔心自己難以達到母親向來期許他的「輕盈」,或說保持自在怡然的生活態度,即使在母親死後亦然。母親在病中的話:「出去玩吧,去散散心!」(42)猶在耳邊,教他不要心情沉重、憂鬱終日。如此,服喪猶如一魯鈍冥頑的對象物,與他所描摩的「死亡」石化形象有時竟無所區分,不知何以對待(intraitable)。身為唯物論者,巴特相信死亡僅能意味的是單純的消逝、空無、永不存在,以「再也沒了!」(Jamais plus, jamais plus!)(21)的聲聲吶喊來表述。一向對語言敏感的巴特,也不斷在咀嚼時間用語,比如有關「不再」、「永

遠」,甚至「現在」的涵意,皆因母親的死去而需要重新定義與重新認識。唯物觀的死亡,和現代意義下的死亡,當然沒有包含復活、永生、另一世、在他方的概念,即便有時他會欣羨保有這些想法的宗教信仰(171),但終究不在他自己的信念之中。或許多少與此有關,不難理解他在《明室》中會表達反現代人、文化人、知識者的立場,對「遠古、原始、野蠻人」的理想境界懷著鄉愁。

他不只對服喪本身不斷興起疑慮,對於如何實踐服喪亦然:公眾認定的服喪禮儀以其約定俗成的公式供所有人套用,自不能令他感到滿意,以致於他為了不使個體被公定律則所異化[10],需從服喪之中另外區隔出「哀傷」(chagrin)來,因哀傷只能由他自己來感受。而理想的哀傷又最好能減除不時衝擊著他的激動情緒(émotivité);激動時的戲劇性傾向與失控感[11],在他看來更易落入通俗化的身體情感符碼,但有時卻正是靠這激動情緒才能捉摸到真相顯現的徵兆或反應(稍後詳述)。無論如何,哀傷總是「難以忍受的」(insupportable)。巴特不是要免除哀傷,何況這也是不可能的,而頂好是期望有日常生活化的哀傷,哀傷的日常生活化。他逐漸從閱讀普魯斯特的信件中悟得「與哀傷共生」最是溫馨(182, 187),要知如何「安居於哀傷之中」(habiter dans le chagrin)(185,

186），猶如他想重建與母親一同安住家中的氛圍，以空間之不變否定時間之改變。因此，在「回家」的想望之下，與母親同住多年的公寓，居家的生活環境，實成為一私密場所，在那裡他每日以日常生活細節來實踐其服喪之個人化儀式。他有時陶醉其中，但總是無以持久，即刻又感到椎心之痛。巴特時時敏感於這雙面向的感受，不斷在日記中反覆提起，彼此衝擊：

> 1977年11月4日
> 今天下午約五點，差不多都整理好了。⋯⋯／有東西哽在喉頭。我心惶惶，忙著泡杯茶、寫封信、整理東西——彷彿很可怕的是我可以享受整理好的公寓，屬於「我一人的」公寓，但這享受又**黏附**[12] 著我的絕望。／⋯⋯（45）

若非這不可分開的絕望，巴特彷彿就像孩童在玩扮家家酒一般，當他對生活感到分外滿意時就是在自覺地模擬「很起勁而充實」的生活，同時也是將生活細節儀式化的生活。就在這場私密的儀式展演或遊戲中，他以一人同時扮演母與子來彌補母親之不在場，並反身自觀，意識那在場者（我⋯⋯）要填充缺席者的空缺（⋯⋯是我自己的母親），卻只是個笨拙的複本。同一天的另一則日記如下：

1977年11月4日

晚上約六點:公寓裡和暖、溫馨、明亮、乾淨。我精力充沛且又虔敬地把房子整理成這樣(我心酸地享受這一切):從此且直到永遠,我是我自己的母親[13]。(46)

在這段日記中,首先凸顯的是明窗淨几的屋子,這一點對巴特頗有心理上的慰藉作用。公寓、母親生病的臥房成為禮拜堂一般,定期灑掃的規律性,成為虔敬哀思的外在禮儀符號(如同我們每日在靈牌前為先人奉茶,清明節要掃墓一般),反之,當他刻意來到母親墳前時卻無法感到自在(252)。巴特在日記裡寫道,他為母親在家中供以鮮花。就為了讓桌上的鮮花常保新鮮不凋萎,他希望自己可以不必再出門旅行(204)。而確實,旅行越來越讓他難以忍受(「旅行把我和她分開了」,203),他好幾回在日記裡寫下心中的吶喊:「我要回家!」(194, 202),連帶的(彷彿不得不落入佛洛伊德對服喪或憂鬱者的公式寫照!),外面的世界、人們(le monde)、他人(不管是美或醜,善意或愚蠢),一切的交際生活,甚至《世界報》(*Le Monde*)的時事世界,都與服喪的孤獨與「厭世」相對立,令他「無法忍受」(20, 22, 37, 86, 97, 137, 176, 209)。

服喪者期望擁有其自在自得的靜思空間，轉化又重疊於日常生活的居家公寓，家正是那「令人不安卻又熟悉」的所在（inquiétante familiarité）(Barthes, *Roland Barthes* 5)。服喪也造成了不同於以往的時間性，從此以後，日誌是重劃自訂的。「母親過世」本身劃割了時間紀元，分出了之前／之後。巴特在日記中的一大主題，就是記下母親去世後他在日常生活中許多的「第一次」：1977年10月26日，第一篇日記，他寫的是：「婚禮初夜。／但服喪初夜呢？」兩者的並列比較，怎能不引人玩味其中的意涵？在此若要貼上戀母情結的標籤太容易，且太淺顯[14]。兩者之並列，除了因為這兩件人生人事，與其說一是結合，一是分離，不如說兩者皆包含一種經驗主體的內在決裂，其根源與其說是自然的，不如說是文化的、想像的，也就是說，是就普遍的意識形態而言，帶有「永不復返的」、「永久失去的」的分裂自覺，一是童貞，一是失去個己所來自的母親，就此邏輯而言，同是失落了某種「原初」想像的完整性，以及至極私密珍貴者。巴特在日記一開頭，如此發問，一來涉及自身為主角，二來其實也明顯帶有後設立場，針對的不是發生在私己的事件本身，也不全然只是對「所有人」之共通經驗而發，而是對於這兩件（亦私亦公）事的「論述」（discours）所提出的問題；簡言之，巴特要問的，也同時是

以下這個問題:「新婚初夜」若一向在西方是文化上和文學上的重要話題、題材、主題,那麼「喪母的初夜」是否也曾得到同等的論述對待?是否也曾累積、形成了一定的文化傳統、文學經典,有其自己的言述歷史可循?顯然,巴特會有此一問,就是因他想了解,為何在西方文化中兩種初夜所受到的重視可能是不對等的,或者至少對後者(喪母初夜)而言,即使存在的話,大體上也是被邊緣化了。如此一來,他若是想要為自己即將要寫的日記尋求文學(論述)先輩的引導,可能只會倍感孤單(幸好,他後來從普魯斯特的私人信件中找到重大的迴響)。如何論述?傷慟之外,他作為書寫者,這個顧慮怎能不引發他對「如何說」的隱憂[15]?因此,巴特作為哀悼主體,從《日記》的第一則起,他便同時是在書寫之困境中進行哀悼,或者更精確講,是在草描中趨近書寫,為自身播散於日常生活中的哀悼主體抓拍捉影。

關於論述的後設探討,本文稍後會再詳論,這裡先回到其日記內容。從第一篇開始,「第一次」也就必然成為他日記的一大主題。而就日常生活層面來看,所有關於「第一次」的註記,正是因為一次又一次切身地意識到重大的失落感,這失落的滋味是不斷被反覆重來的:第一個「夜晚」;第一次回到只有孤自一人的公寓(34);第一次夢見她(44);第一個

母親不在的星期天早上（48）；第一次舊病復發（107）；母親死後，第一次過生日（56）；下雪天，沒人在家可以說一聲：「下雪了」（103）……。綜言之，「重大的失落感」是從普通的生活細節所規劃的私人日曆中去感受到的[16]。

如此，「沒有了妳，我從此受苦」是一大修辭主題，相對而互補的主題，則是努力使自己好好活著[17]。1978年3月6日的日記，他想到母親若見他一直穿戴灰暗的衣著，必會為他感到難過，於是他「第一次」在喪母之後，圍上了彩色的圍巾出門（109）。換言之，他試圖依照和想像母親希望他的「好」來生活，可以說，去世後的母親被他提昇為自己的求生原則與快樂原則的內化指導者。而就是在最基本的生活需求上，他深深體會到「不能沒有妳」：舉例來講，他曾抱怨，自從一向照顧他飲食的母親去世後，他一直有輕微的消化不良（71）。如此，母親在他生命中不可取代的地位，以非常具體而生活化、身體內的層次表現出來。

指出「第一次」的註記，往往是有意識的，自願想起的。然而，巴特也常會在不經意的生活小事中，突然而強烈地感受到失落，以至於激動落淚。這些時刻也如上所述，正是「真相」顯現的時刻。這是日記當中讀來特別動人的一則一則小故事，簡短的敘事「帶有小說性質」，再加上簡短的論述：

1977年11月5日

悲傷的午後。出去買點東西。到糕餅店（瑣碎小事）買個杏仁小糕點（financier）。年輕的女店員在服務客人時說：好了（或來了voilà）。就是這句話，我照顧媽媽時每次拿東西給她就這麼說。到最後，有一次她已半昏迷，如回音般重複我的話也說，**好了**（**我來了，我在這裡**，我們彼此這麼說了一輩子）。／店員的話讓我熱淚盈眶。我哭了好久[18]（回到沒有聲音的公寓裡）。／如此我界定我的服喪。／它並不直接在孤單、實際的事當中等等；我在那種情況會自在而有所掌握，因之應該會讓別人以為我比他們想像的要不痛苦。服喪是在於愛的關係再度被撕裂，這正是因為「我們彼此相愛」。在最心不在焉的地方感受到最熾烈的點……（47）

在這則日記敘事裡，自覺不自覺有著普魯斯特小說的影射，但並不特別是因裡頭有糕點，而是因不期然的日常元素激盪出一群回憶中的細節。這個細節，即那句「好了」，本身屬於平日的、經常性的普通用語，而這個用語在母親生病時曾有一「退化」的版本，讓這句話僅存為病人口中的反射重複，已無實質語意作用。換言之，巴特記得母親病中不自覺回

應的同樣那句話，代表的是母親「病已很重」。不同於普魯斯特以感官（且經常涉及較「不高尚」的味覺或觸覺）為通向潛藏記憶的主導，巴特日記中，引喚回憶的途徑常屬於日常家庭語彙（「家庭」，不過是指他和母親兩人）。尤其令巴特難忘的，並認為極具代表性的一段簡短對話，是母親在病中，卻忘了自己的病痛，仍關心兒子身體的小小不適：「我的R，我的R」，「我在這裡」，「你這樣坐會不舒服」（mon R, mon R－Je suis là－Tu es mal assis）（76, 50）。巴特的母親平日言語不多，但對巴特而言，母親的善良本質便如是具體表現[19]。

除了對普魯斯特的隱約迴響，事實上，還可以從占神話模式的角度來詮釋這段軼事。母親輕聲重複巴特的話，喚起的神話景象**有點像**是「回音」仙子在回應自戀的納西斯所講的話，但這一回——我們不能不改寫神話——納西斯（或巴特）從他的自戀驚覺過來，突然意識到向來在旁關注他、包容其自戀（不斷為自我倒影在煩憂的巴特）的回音／母親，已無力回應，且不止是無力回應。而另一替代的聲音（糕餅店店員）以不自覺的戲仿在扮演著早已消逝的「回音」，間接喚起巴特／納西斯現今的處境：你已真正是孤自一人了（「回到**沒有聲音**的公寓裡」），你的自戀已不再有人關照：這或許就是納西斯

自戀其自戀的二度失落,此因回音原來應該在納西斯自身設想的自戀戲碼中。或者,亦可再就「糕餅店」這段特別的場景來看,可察覺幾分自責的意味,而這是服喪者的常態心理面向:我買了糕餅要享用,我一時忘了服喪,準備來滿足我個人的快樂,可是這「只為我自己好」的舉動,卻被店員無心的一句話給戳破了,提醒他的是「愛的關係再度撕裂」,為此自戀又轉自責,帶著自戀又自責,巴特不禁要痛哭一場。

僅只一句「好了」,復返的回憶便促成傷慟淚水之潰堤,但這類突來的感傷與回憶的湧現,也讓他一點一點地「尋回」(retrouver)了母親。作為動因的這些時刻與事件本身多帶有不經意甚至瑣碎的性質,更與品味和文化教養不見得有關,有時還正相反。如果說舒曼(200)和韓德爾(131)的樂曲令他感傷落淚,年輕時的女星英格麗‧褒曼(Ingrid Bergman)因其清新的面容光彩與「單純而美麗的手」[20],都令他想起母親的容顏(184),可是當他聽到自己以前曾撰文「嘲笑」過的聲樂家蘇澤(Gérard Souzay)的歌聲時,也不禁痛哭起來(57)[21]。另一次,就在他看一部「愚蠢又粗俗」的30年代影片時,突然間,片中「一個佈景細節」(136),一盞普通的吊燈,竟強烈撼動了他。這些零碎而突如其來的經驗,其肇因常是間接出自影音媒體的觀看與聆聽過程,將普魯斯特式的

經驗「現代化」、「中介化」，且彷彿讓他片面而局部地「找回」了母親。正如後來在《明室》中，他是看著許多相片中母親身上的衣物、周邊的家具擺飾、皮包等，激起了同樣「片面尋回」的感受[22]。我們從《明室》中已得知，能夠使他真正感到「完整」尋回了母親的，大概只有母親兒時留下的「冬園相片」，而這是因一方面，相片中的兒時母親代表的是他所嚮往的人格價值與道德境界，一種看似柔弱的強大力量[23]；另一方面，如學者卡爾拉所指出的，因為這是「屬於過去之不可異化的部分依舊殘存了下來，並且參與未來的定義」（Carlat 109）：母親的日常用語亦可作如是觀，但僅屬局部尋回的零星片斷，只有「冬園相片」是留存下來的唯一「完美奇蹟」[24]，在此我們不再多談。

但仍值得提醒的是，巴特並非只是重拾普魯斯特式的不經意回憶，更具創意的實為後來從中發展出「刺點」等觀念。無論是糕餅店裡突然觸動的回憶，或者電影、收音機裡的小細節，所引發的個人私密感受，都可歸結為「在最心不在焉的地方感受到最熾烈的點……」，就是這樣的比喻，不但日後將明晰地滋養了巴特的攝影閱讀理論，且萌發或銜接他此後不斷在思考發展中的文學觀念，比如說「以悲愴或病痛為閱讀的力量」（le *pathos* comme force de lecture）（Barthes,

*Le bruissement* 323)、「小說性質的」（romanesque）的深化探索，或者「俳句」進一步個人化的衍生等皆然。正是以這些「字鑰」，開啟了他重新在「小說」文類中尋找「文學性」（littérarité）的重要門路。但又為何是「小說」呢？以下這則日記所憶，即使不是在理性學術思慮中最具關鍵性的，也具有私密的撼動價值，更直接啟悟。有天，巴特備課時寫到關於「我的小說」（Mon Roman）的章節時，他又一次想起母親對他的呼喚：「我的羅蘭！我的羅蘭！」（Mon Roland! Mon Roland!）（227）——從Roman到Roland，m與l僅一音之差、一個字母排序之差[25]，兩者之間既有置換關係，也有聯接或換喻（métonymie）關係，對此，不必特別提起佛洛伊德「日常生活的心理分析」，巴特早已瞭然於心。而在這篇日記之下，他再度堅定決心，發願一定要為母親寫出一本書來：可否說，他要以「我的小說」再生和延續母親的「我的羅蘭」[26]？但他還要再經過一些時日的煎熬醞釀，才終於完成了紀念母親的論攝影著作。

## 三、

巴特的服喪工作，是否如德勒茲（Gilles Deleuze）對普

魯斯特《追憶似水年華》（*A la recherche du temps perdu*）的分析一般，也是一趟符號的學習之旅？德勒茲提到的四種符號，在不同的內涵與經驗意義之下，這裡都找得到。巴特在服喪之中認識了人際關係往來的惘然與耗時，此其一。在愛的符號方面，巴特的推論有多層的迴旋，反覆思索之間，顯得極為辯證卻無以終結，環繞著愛的程度與專情的問題打轉：激動的哀傷，怕傷了母親的心；平靜安享孤獨的哀傷又使他自責太「自私」（190-91, 208, 211），因極度的哀傷才是愛的「自然」明證，而他恐懼地想著也許有一天他不再有任何感傷，此其二。平凡日常生活中之所聽所聞所見，是喚起不經意回憶的起點，這些回憶的「尋回」，也（必然弔詭的）是美好的哀傷滋味的泉源，此其三。而第四個則是文學之路的探險。寫作的挑戰，是一邊燃燒生命之光，一邊迎對死亡的挑戰[27]；巴特引用聖約翰說：「在還有光的時候，努力工作吧！」（Travaillez pendant que vous avez encore la lumière.）（Barthes, *Le bruissement* 321）

　　書寫就是他劃定人生「下半段」唯一要獻身的目標。事實上，巴特從一開頭就無奈於往生者從此絕對「不在」之實，認定死亡是純粹的消逝，死亡不會被任何意志或真情所「感動」，死亡是固執而無可理喻的（intraitable），因而更為可

怕。母親之死反而讓他體認了愛與死的新義,以書寫愛與死,來見證肯定他的「作家」才氣。因此,巴特不似古代神話中的奧菲(Orphée),而是現代孤兒,巧的是「孤兒」的法語(orphelin),從字面拼法看來,不正是「小奧菲」?奧菲神話在後世衍生的版本中,越來越凸顯的是自身能否以其高超的才藝來迎對最困難的挑戰。除了象徵性地從一張老照片中尋回母親的「善良本質」,巴特自知「救回」母親是不可能的事,反而始終念念不忘的是要以自己的書寫為母親建立紀念碑。馬蒂(Eric Marty)在其著作中也同樣引述奧菲的神話,指出「冬園相片」猶如奧菲亡妻尤莉蒂切(Eurydice)之像(image),以其二度消亡(或無法等同原本的複本形式,duplicité)確保了奧菲光榮的存活(Marty, *Roland Barthes* 19, 21),而巴特確實在其日記中也有此自知之明,多少帶點心酸地承認母親終究並非他的「一切」,甚至,母親一直是以不作為他的「一切」在成全他(Marty, *Roland Barthes* 47-48)——而他隨即信靠的是自己的寫作才華[28]!他從沒打算下地獄,毋寧自比為走在人生中途的但丁,在地獄之前的森林裡徘徊,若母親是精神價值的引導者,普魯斯特必定是他所期待的作家引導者[29]。

「只有和母親相愛的孤單孩子」,喪母後的巴特孤兒,從

此只有一個作家的身分想望。而這段時期,巴特在書寫中所表現的澄明思考是令人驚歎佩服的。如果說《服喪日記》中的人物巴特彷彿難以走出其「服喪工作」,但在另一方面,喪母已不只是一件私事,其所帶來的情感激盪與許多的日常經驗,確實啟發了他對文學的重新評量與思考,特別是針對文學中主體的位置。我們一開頭已提到,語言是他持久的關注,而最後這幾年,他特別關心語言符號中的「指稱對象」,也越來越注意與之息息相關的及物(transitivité)或指涉性的書寫,思索其無以自足的外依特質,以及連帶而有的脆弱性。在這方面的書寫形式當中,最重要的就是與日常現實密切關聯的日記。但是相對於亦屬及物書寫的「俳句」足以引向小說新境的思考典範,日記體在巴特看來,卻有著不可否認的「評價上的不確定性」(Barthes, *Le bruissement* 412)。簡賅歸結巴特的幾點看法:日記評價的不確定性,是因作為催生日記書寫動機的偶發語境未能完整重現於語言之中,而這語境往往才是書寫者的意向所在;其次,即興的書寫與感情肇因之間,往往有著表達上的契合問題,再加上寫完後,距離不同遠近的時日再重讀時,又有意義價值上極大的起伏波動,因而本是心血來潮而作的速寫,日後再看時,卻只是可有可無的普通記事;再者,又因速寫講求要快快捉住感覺,往往只能借助現成方便的語彙,

而很少經過細思,也就缺乏「獨創性」,也少有堅實的架構;尚且最重要的缺憾更在於這一切使得日記無以確立主體,造成了存在主體的闕如。寫日記的人,落得好像是個(荒謬?!)喜劇人物在自問:「我存在嗎?」(Suis-je?)(Barthes, *Le bruissement* 412)。這些有關日記的思考,主要出自巴特(在服喪期間)寫的兩篇重要短篇文章,值得我們在此借鏡。一篇是〈商榷〉(« Délibération »),是巴特專就日記文類所作的試寫和自評[30],發表於1979年,應是在寫《明室》之後。另一篇是〈談所愛者總要失敗〉(« On échoue toujours à parler de ce qu'on aime »)。就在1980年2月,他發生車禍那天,這篇文章打字完稿的第二頁還架在打字機上,正是巴特的最後遺作(Barthes, *Le bruissement* 342)。

若是以巴特自己對日記的評論來看《服喪日記》,這兩篇文章恰好提供我們兩種不同的解讀,不盡然相反,或可視為相成。

第一種解讀。巴特在〈商榷〉文末,經過一番質疑與負面評價之後,從卡夫卡以日記省思日記的心得中,依然歸結出「理想的日記」應該能同時具有「一種節奏性(起伏、彈性)和一個空想(我無法企及我的形象);日記的書寫是把空想的真相說出來,並以最為形式的操作,即節奏,來擔保這個真

相」（Barthes, *Le bruissement* 413）。依此，《服喪日記》本身豈不正揭露了對於不完整自我形象充滿疑慮的空想，同時又具有「理想日記」起起伏伏的節奏性？進一步解釋如下。日記書寫過程中的巴特，一方面註記著被無常感一再當頭棒喝的日常生活之人，從平凡瑣事與生活小回憶當中，不斷「看穿」自己作為兒子的個人生之欲並不足以回應想像中對母親完全的愛；另一方面，在他接續不斷、零散片段的書寫或「前－書寫」之中，不得不體認的是語言之於真相僅能有的複寫與無力感；從體認之絕望當中，一邊自勉寫書的允諾與職志，又一邊不時悄悄地嘲弄俗世觀的作家僅能藉由理想至高的文學成就來達致「永恆」，卻不肯承認「死亡」乃徹底的一了百了……。綜言之，其日記反映了這兩樣無以企及、甚至一再質疑、否定的「孝男」形象與作家形象，透露了日記書寫主體是在自我解構的「空想」之中商榷其存在。再就節奏性來看，這本日記的主結構分成日期連續的三部分，第一部分最長，對服喪不斷提出疑問，不時伴隨著情緒激動的回憶。第二部分相對比較平靜，許多普魯斯特的書信引言興起了共鳴，也成為道德行為方針。從第二部分銜接至第三部分，則再度呈顯出沉重的質疑，反覆不決[31]。巴特當然不可能事先設想結構，這必然是日記隨意形成的狀態。但是，日記的起頭與末篇竟出現對稱與相反的

元素,不免令人感到驚訝。前文已曾提過,起頭的第一篇,巴特寫的是「夜」(「婚禮初夜。/但服喪初夜呢?」),而三部分的最後一篇恰巧(?)寫的是「日」[32]:「有的上午如此傷心⋯⋯」(255),沒劃下句點。「初夜」寫的是特定的時間點,且是關於唯一的一次;而最後的一篇,寫的卻是綜合的、一再的、概述的,許多個上午。從那一夜到許多的上午,彷彿暗示著日記雖寫到這裡為止,但服喪並未完結?也許,每當清晨聽見那例行的倒垃圾吵雜聲,哀傷依然,深入了日常性。「有的上午如此傷心⋯⋯」尚且是有名的錯置修辭,把屬於人自身的情感移置於時間之上(其修辭法,法文名曰hypallage),同時,人(主體)也退場消失。如此,閱讀著《服喪日記》,我們自我投射其中,並想像與文中的巴特一起經歷了起起伏伏,其美學也許就在於自然形成的節奏性。因這節奏,正是哀傷的節奏。日記的節奏留存了哀傷不減(亦可說無瑕)的強度。

第二種解讀。在〈談所愛者總要失敗〉裡,巴特針對斯湯達爾(Stendhal)的義大利旅遊日記,指出斯湯達爾因愛的激昂熱情影響了他書寫的冷靜,表達上反而顯得「平淡無趣」(platitude),結果是既無法流暢地傳達愛情,也無法以優美性感的方式寫出他所感動的義大利之美。一直要等到二十年

後，斯湯達爾終於超脫了原有的自我主義（l'égotisme），才在小說《帕爾瑪修院》（*La Chartreuse de Parme*）中，創造出精彩的主人翁，安排了對立元素的情節張力，賦予一種「節慶」般炫爛的主調，總之，成功地建構出關於義大利的偉大「敘事」（le Récit），亦即「神話」（le Mythe）（Barthes, *Le bruissement* 341）。巴特歸結說：「書寫是什麼？一種力量，或許是一段漫長入門過程結出的果實，打破了愛之想像界（l'imaginaire amoureux）那荒蕪的靜止不動狀態，在啟動的歷險行動中注入了象徵界的普遍性（une généralité symbolique）。」（Barthes, *Le bruissement* 342）

就書寫動機來講，巴特寫的服喪日記也是出於一種激動感情的需要。無可否認地，特別是在《服喪日記》後兩部分，他有時連「安居在哀傷中」的想法也無法說服自己，甚至回到家來，也不能再有回家的快樂（251），他自覺已跌落於「懶散」（l'acédie）（190）的心態。連帶地，在語言上也確實出現不少的反覆，好不容易得到的推論現又加以否定，特別是感到「哀傷是自私的」（égoïste, égotisme）（208, 211），也就是過於自我中心、無以轉化的哀傷，亦使語言陷入了死胡同。事實上，巴特早已不斷將服喪喻為「靜止不動」、「一塊石頭」般的荒蕪，此時更有不可承受之僵化。最後一天，

那句「有的上午如此傷心……」,其實也幾近陷入無言失語（aphasie）的狀態。然而,如果日記中這最後未完之句可視為又一次的跌落谷底經驗,其僵化如頑石般的無言狀態,卻或許正是領悟語言書寫極限的必然——這也正是馬蒂透過布朗修（Maurice Blanchot）的觀點所欲強調的（Marty, *Roland Barthes* 54）：馬蒂認為巴特拒斥使用過於戲劇化的「絕望」（désespoir）一詞,而以具體卑微的「石頭」（la pierre）替代、暗示、隱喻,反而可以藉由回歸石頭的本義,再聯想到石頭為原始人最基本的一種記號,也就是作為語言的最原初狀態視之。於此,以其純粹之抽象、抽離,無動無待,應合了布朗修不斷思索的「靜默」（silence）,或者是巴特自己早年提出的「寫作的零度」（le degré zéro de l'écirture）,且為更極致的境地,在此與死亡真正有了接觸。

　　從這塊基石再出發吧！為了解放語言／主體,只待作為評論散文家的巴特打破僵局,只是我們仍然要問：巴特在〈談所愛者總要失敗〉結語中所肯定的「書寫的力量」,是否也能「從此」印證到他自己身上？

　　最後,但仍不作為最終結語,也許可以再比較兩篇巴特晚期的文字,以揣摩巴特的起伏轉變：一篇取自《服喪日記》（1978年6月9日,148）,另一篇約莫寫於一年後,即《明

室》第一篇第十六章,有關「知面」(*studium*)的其一功能:「激起想望」。兩者都以龐大的建築體帶給作者的歸屬感為始,進而提及母親。

巴特在日記中,寫他那天早晨,路經住家附近的聖旭比思教堂(St. Sulpice),教堂那簡單龐然的建築體本身,忽然深深觸動了他的心,引他「入內」(être *dans* l'architecture),坐了下來。出自直覺,他開始禱告,祈願自己能順利完成為母親寫的攝影書,他暱稱為「照片－媽媽書」(le livre Photo－Mam)。但旋即又自責起來,怪罪自己總是「如孩子般」有所欲求,他但願自己有天能夠「坐在同樣的地方,閉上眼,無所求」,他特別引用尼采以自我期許:「不再要求,只有祝福」,並領會到這就是理想中他祈願達到的服喪境界:即達到中性、無待、無恃的境界,是否也等同於生活中的力量,「一段漫長入門過程結出的果實」?這則日記以他生活中的一件小事為構組中心,進而如日記通常所滿足的工作,讓選記的小事成為個人生活智慧的領悟起點,從自責到自許,展現圓滿的自省歷程。然而,真要試圖從「打破愛之想像界那荒蕪的靜止不動狀態,在啟動的歷險行動中注入象徵界的普遍性」,以下的選文展現的可能就是一次論辯嘗試。

《明室》第一篇第十六章,巴特首先以克里富(Charles

日常與無常:讀巴特的《服喪日記》　169

巴黎聖旭比思教堂（St. Sulpice），巴特及母親長年居住的公寓正是在其旁這條小路附近（作者攝）

Clifford）一張十九世紀中葉異國情調的建築風景照《阿爾哈門布拉》（Alhambra, 1854）為切入點，這張相片主要是呈現在南方的陽光下，格拉納達樓台古蹟的一道圓拱門，右側稍遠處有株地中海常見的蒼柏。巴特就照片「知面」的文化意涵盡收這一圖像所能挑起的典型象徵[33]，也就是從西方人所承繼的文學論述當中去核對他作為照片「知面」觀者的種種聯

想，由此，他不僅引述了波特萊爾的兩首詩作，〈旅行之邀〉（« Invitation au voyage »）和〈前世〉（« La vie antérieure »），「表達對輪迴生命時空的『雙向憧憬』」（許綺玲，〈「事後靜下來」〉102），並進一步揣測勾起他欲望的起源：「溫暖的氣候？地中海神話？（代表古典嚴謹和諧美的）阿波羅風？無後繼？隱退？匿名？貴族？[34]」巴特雖未明言，但是熟悉佛洛伊德精神分析理論的讀者不難想見這張照片影射了柏克林（Arnold Böcklin）的畫作《死亡之島》，進而影射佛氏所論的母體子宮空間意象。果然，這張風景照片正指向這個人生最根本的「起源」，挑起的不只是觀者心中對歸屬的嚮往、「家」的鄉愁，更重要的就是對母親的思念。然而，巴特在此需要拿捏的是，從這些文學典故中的「起源」到佛氏的母體子宮論，他最後都指明為有跡可尋的文化符碼，而他自身的反應也早已界定在此先決條件之下，這點不容他否認。只不過，作為書寫中的平衡力量，他幾乎是以個人主體挑戰了佛氏的權威論點，「以短而有力的一句結語，很有技巧地以一個否定副詞，試圖翻轉了佛氏之見：『heimlich，我的家，喚起我心中的母親（不帶絲毫憂慮不安〔nullement inquiétante〕）』。」（70；許綺玲，〈「事後靜下來」〉102）由此結語再度回應了他起初所宣稱的感受：「阿爾哈門布

拉⋯⋯**那兒**正是我想居住生活的地方⋯⋯」（68）。《服喪日記》的問世才讓我們了解，「居住」的地方對於服喪期的巴特至為重要，是他在私密的日記中反覆處理的論述主題，但正如聖旭比思教堂祈禱記所透露的，他每日總是在自我掙扎中使日記日日懸而不決。然而，相對的，也更為絕斷的，到了《明室》這本小論文集裡，巴特展現的是另一層次的問題與觀點，深知如何超然於自身的殷切期望，而將這個可居地的問題提昇到了普遍的層次，直接迎對、探討的是書寫與論述的問題，正如他闡釋了斯湯達爾的轉化。

　　因巴特對自己書寫的澄明觀察與嚴謹的自我要求，足以合理地讓我們如是推想：巴特的服喪經驗使他更加肯定只有書寫能助他面對無常的力量；如此，他對書寫與生命的辯證性也有了更深刻的認識。一方面，巴特肯定了斯湯達爾最終能以「小說自有的謊言」來轉化其原初的愛之熱情，無啻肯定了書寫必得經由象徵界的普遍性才得以開花結果，因而認可法規、秩序、象徵的父權力量必要的再度復返。然而，另一方面，他對自己的書寫並不滿足於此。他似乎仍想為代表母親力量的想像界留予表意的空間：他就以小說的場域作為他前所未有的書寫實驗處女地，他要用前所未有的審慎態度來準備寫「他的」小說。而最後，辯證實未完合，因為在「準備」的階段，想像

中的小說仍在持續地孕育階段裡,一如人子安居在母體之中,「準備寫小說」成了一趟決意未完成的沉澱過程,且因命運的巧合,彷彿此後已永遠停留在原初合一與零度的完滿⋯⋯幻想中[35]?

經過了這麼多年,讀者若以巴特的全部著作為背景來閱讀《服喪日記》,仍可感受到:若是有愛(且即使愛是瘋狂的),已發生的永遠未發生,未完結。

1 這篇論文原發表於2010年5月22日在國立臺灣師範大學主辦的比較文學會「如果，愛」研討會。筆者在此特別感謝發表當日出席的來賓，會中不但提出了中肯的問題，會後也有進一步的交流，給予筆者極為溫馨的鼓勵與共鳴。筆者也非常感謝本文的兩位匿名審查者十分仔細讀稿後所提供的寶貴意見，對於本文進一步的修訂潤飾有極大的幫助。此外，5月22日是往生家母的冥誕，謹以此文表達筆者對她無盡的思念。

2 論文中有關《服喪日記》的中譯引文皆出自筆者。順帶一提，在本論文投稿《中外文學》等待審查期間，這本書已於2011年1月由劉俐教授譯成中文，商周出版，書名則譯為《哀悼日記》。

3 《服喪日記》分成主要的三部分：1977/10/26~1978/6/21；1978/6/24~1978/10/25；1978/10/25~1979/9/15。另外，有幾條「關於媽媽的筆記」（*Quelques notes sur mam*），及一些未標示日期的片段，共計330條。主要的三部分，日期緊連相續，唯到了第三部分，特別是在巴特動筆撰寫《明室》的三個月間（1979/4/15~6/3），記日記的次數明顯減少。

4 巴特在穿越馬路時為小貨車撞傷，隨即送醫救治，但後來真正導致其死因的是支氣管炎復發。巴特的母親十分年輕便守寡，巴特長年與母親同住，對他而言，他的「家人」就只有母親，或再加上同母異父的弟弟米榭‧賽爾澤多（Michel Salzedo）。

5 平常巴特讀書、準備寫作用的筆記資料卡，可隨時視情況與需求重組、分類、訂名。但是只有這批為母服喪的資料卡自成一套，獨立分開，首張卡片上註明「服喪日記」（Journal de deuil）（La Meslée 85）。巴特在日記中曾多次反身自問這些記事的意義，也在「重新讀過」後，留下感想（*Journal* 17, 27, 33, 40, 69, 72）。

6 尤其指他同母異父的弟弟米榭‧賽爾澤多。

7 有些巴特的友人更在半虛構的作品中，影射他在這段孤獨、但就某種意義來講又很「自由」的日子裡，如何對同志愛有著強烈的渴望與相較以前顯得積極許多的行動（Piégay-Gros）。

8 根據巴特的說法，他母親和他一樣喜愛舒曼的樂曲（200）。關於舒曼的音樂與巴特思母的關聯性初探，可參閱〈舒曼的《黎明頌》與冬園相片〉。

9 環繞著「母親」的重要意象之一,即與「光明開放之夜」有關;據馬蒂的解釋,此即巴特心中預想之「中性」應當有之「形」(Marty, « Contre la tyrannie » 62),而「中性」又彷彿是從母親的善良、少言(從不囉唆、從不說教、從無長篇大論,267-69)、寬厚與平和(從不「神經兮兮」)的美德所推演而來的。參照聯想之下,光明之夜的比喻也令人想到「明室」(相對於暗房)。本論文稍後也將分析《服喪日記》一開頭與「夜」有關的篇章。

10 有關巴特懷舊與不願落俗套的態度,卡爾拉(Dominique Carlat)提出的解釋值得參考:他首先認為出自「丹嫡」(Dandy)的傾向,簡言之即以「特異獨行」之審美觀等同於倫理觀的行事之道,巴特總是要求自我必要顯得不凡而突出,而如此一來,刻意的「守舊」(démodé)反而成了「一種儀式化的方式,為的是肯定他的生活必要在死者的眼光注目下,才能找到完整的意義」(109)。

11 迪迪-于貝曼(Didi-Hubermann)指出巴特有其「決意」(résolution),不願放任自己落入庸俗而吵雜的痛苦表達中(87)。

12 巴特在日記中慣常運用各種字型符號的變化(斜體字、大寫字母起首字等)來加強語氣或賦予新意,筆者以粗體字標示。此外,「/」為筆者所加的符號,用以表示原文為空行後重起一段。

13 巴特自言承擔了母親的角色,但又常常自覺沒能扮好這個角色,以致引發一而再的自責。「自責」也是《服喪日記》的重要子題之一。

14 熟悉《明室》的讀者必當記得,巴特在文中提及一張十九世紀法國攝影家納達(Nadar)拍的照片(Barthes, *La Chambre Claire* 108),但無法決定相中人的身分是「母親?還是妻子?」。相中實為納達的妻子,若比較筆者所知的幾張照片,確實神似巴特母親老年時的模樣。而她手中拿著一朵小花,不知是否巧合,巴特在1977年母親生日的那天也曾摘了園中唯一一朵玫瑰花苞獻給她(Barthes, *Le bruissement* 405);一年後,母親已去世,巴特在母親的冥誕日也買了玫瑰花來紀念她(173)。值得注意的是,服喪日記中的母親分成多個角色:特別是巴特一再強調他在照顧病中的母親時,猶如彼此角色反轉,他成為父親,母親成為他的「小女兒」,而我們都知道,小女兒的形象至終透過「冬園相片」成為至高道德的善良與無邪的化身。

15 馬蒂在其著作中更提到「母親」在西方文學中是個與現代性格格不入的題材,

除非是以或多或少程度的「逾越」論述來對待，如波特萊爾（Charles Baudelaire）、惹內（Jean Genet）與巴代伊（Georges Bataille），但仍屬現代文學少見的書寫。值得注意的是，馬蒂舉引言詮釋，認為巴特似乎對這些文學先例暗作反駁，同時疏遠之以另闢他徑（Marty, *Roland Barthes* 31-32）。

16 這裡強調的應是個人生活中「劃時代性」的強烈意識。若說古代經典描述彌賽亞新境的一切仍依原樣，僅僅稍移了位，而使得意義足以全然改變（Agamben 56），巴特喪母後的日常生活亦如是。有人會問：至於「第一次」之後，日常小經驗是否又逐漸回復平淡模糊？或是一而再於重複之中喚起第一次的驚覺，直到在服喪的日久進程中慢慢淡化？這些未來的變化暫且在《日記》的兩年撰寫期間仍不明顯，故在此宜存而不論。

17 偶而在極端哀痛的日子，巴特也會自責活得太自在，甚至說自己終究並未隨著母親而去（239）。

18 這是巴特在日記中「第一次」確切描述他如何因一件日常小事勾起的回憶而傷心痛哭。

19 「你這樣坐會不舒服」，這句話巴特評論了兩次。另一次以同樣這句話來證明母親即使在病中，意識已不夠清楚，卻仍「自然而然」（spontanéité），流露出本性中的善良無私（50）。而即使不必多說什麼，母子兩人深有默契，巴特說他總是知道對方喜歡什麼，欣賞什麼音樂（200），這是彼此關懷了解者的普遍性。此外，同樣從這三句對話出發，馬蒂得出一個翻轉平常語境的關係位置來，他認為巴特說「我在這裡」，而母親雖命在垂危，卻反而對「我在／我活」的兒子表達出同情憐憫之意，再次強調的是存活下來的兒子自身反而成為被憐憫的對象。若母親可代表兒子的「一切」（tout），相對之下，書寫既然無法回復這「一切」，只得認清書寫必然導向的空無（rien）（Marty, *Roland Barthes* 25-26）。

20 這段文字又讓我們再次看到巴特對觀察人（或人像）的手部的癖好。

21 這段日記的一開頭，巴特本來寫了一個字「愚蠢」，用以界定這整件事，但後來又劃掉：顯示以情感至上為依，他劃去了文化上的判斷。正文之下，還附上一句提醒自己的反諷小註：「我曾嘲笑過他」（57）。

22 但是他在《明室》書中將這一切視為屬於分隔他與母親的「歷史」。

23 「只有母親最堅強，因為她完全沒有神經質與瘋狂」（227）。巴特在日記中描

寫母親，有時不覺會陷入誇大法的用辭，比如提到母親小女孩時的照片，他說：「只要看著她，感受她本真的存在（我奮力要描寫），就能被她的善良所投注、充盈、侵入、沉溺」（237），一下子用了四個語意越來越強烈的動詞。

24 馬蒂則認為巴特只能接受以一張尚且不曾為讀者看過的相片取代「母親」，書寫母親，是以空無取代了「一切」，是巴特的書寫對於「死亡」之為絕對空無的體認（Marty, *Roland Barthes* 42-43）。

25 法文中Roland字尾的 d 不發音。

26 《服喪日記》的內容與《明室》顯然有許多交集。但我們不確知巴特在寫《明室》時，是否曾考慮以日記體呈現，或者打算如何運用其服喪日記本有的狀態，這一文本發生之歷程需要更仔細的考究與推論證明。可以確定的是，至少到他去世為止，筆記小卡盒裡的服喪日記對於《明室》而言，只能算是一種素材或原料的狀態。

27 上述的符號學習歷程，毋寧是將「巴特」視為其《服喪日記》中的人物來看待。然而，實際生活中的巴特也正準備探索文學新生之路。

28 如此也應合前述母親對他的「憐憫」。

29 他不只一次明確表明自己對普魯斯特其「人」的認同（Barthes, *Le bruissement; La Préparation*）。他在普魯斯特的傳記和作品中挑出的片斷串連而成的普魯斯特歷程，彷彿更是應合他自身歷程的一種投射，也就是說，他所描述構思的「普魯斯特」，或許就來自他自身的「幻想」（fantasme）。而耐人尋味的正是，他自知有此「幻想」的可能，直接把它攤在陽光下，接受它、利用它、發揮它。

30 普魯斯特在開始撰寫其長河巨著之前，寫過許多散文評著。也寫過一系列針對十九世紀作家的風格模擬演練（pastiches），並加以自評檢討。

31 大體而言是如此，但我們仍要強調其細微變化更為繁複許多。

32 最後一篇的日期是1979年9月15日，巴特已於當年6月初寫完《明室》。

33 「知面」（*studium*）相對於「刺點」（*punctum*），兩個詞為對立二元組，是巴特在《明室》中借用拉丁文古字所自創的攝影解析術語，既用於指解讀的「觀點」，也用於指解讀或注視的「客體」所在。簡述之，「知面」的閱讀是觀者依據文化、藝術方面的知識來全面地解讀照片，投射和引發以這些人文常識為基礎的聯想。巴特面對《阿爾哈門布拉》老照片所引發的思古幽情和種種聯想與文化

參照正是「知面」的閱讀表述。

34 這些話題（topics）必然令人想到法國浪漫主義詩人德聶瓦爾（Gérard de Nerval）一首神祕的詩作〈無繼承權者〉（« El Desdichado », *Les Chimères*, 1854）的主題，詩中不但有異國想望，古今時空與典故的呼喚，也表達了對已逝的一位親愛女性的思念，以及奧菲式尋返復生的不明確嘗試等。

35 是否可以這麼說：原本這幸福的滯留該只會是短暫的，巴特卻突然離去，讓這停滯成了絕對恆久的、主體不在的「俳句」無我境界：「春來無事草自榮」（Barthes, *Le Grain* 317）？

# 參考書目

Agamben, Giorgio. *La Communauté qui vient; Théorie de la singularité quelconque*. Paris: Seuil, 1990

Barthes, Roland. *Roland Barthes par Roland Barthes*. Paris: Seuil, 1975.

——. *Fragments d'un discours amoureux*. Paris: Seuil, 1977.

——. *La Chambre Claire: Note sur la photographie*. Paris: Cahiers du cinéma, Gallimard, Seuil, 1980.

——. *Le Grain de la voix*. Paris: Seuil, 1981.

——. *L'obvie et l'obtus*. Paris: Seuil, 1982.

——. *Le bruissement de la langue*. Paris: Seuil, 1984.

——. *Oeuvres complètes V, 1977-1980*. Paris: Seuil, 2002 (1).

——. *Le Neutre, Cours au Collège de France (1977-1978)*. Ed. Thomas Clerc. Paris: Seuil / IMEC, 2002 (2).

——. *La Préparation du roman I et II, Cours et séminaires au Collège de France (1978-1979 et 1979-1980)*. Ed. Nathalie Léger. Paris: Seuil / IMEC, 2003.

——. *Journal de deuil: 26 octobre 1977 – 15 septembre 1979*. Paris: Seuil / IMEC, 2009.

Bonnet, Nicolas. « Le destinataire des derniers Cours », *Roland Barthes en Cours (1977-1980) Un style de vie*. Dijon: Editions Universitaire de Dijon, 2009. pp. 153-71.

Carlat, Dominique. « Chapitre III: La protestation d'amour: deuil et nostalgie de la littérature chez Roland Barthes », *Témoins de l'inactuel: Quatre écrivains contemporains face au deuil*. Paris: José Corti, 2007. pp. 91-123.

Cohen, Alain J.-J. « Le Neutre et l'auto-analyse de Roland Barthes, Anamorphones du deuil et de la mélancolie », *Roland Barthes en Cours (1977-1980) Un style de vie*. Dijon: Editions Universitaire de Dijon, 2009. pp. 31-38.

Comment, Bernard. *Roland Barthes vers le neutre*. Paris: Christian Bourgois Editeur, 1991, 2002.

Deleuze, Gilles. *Proust et les signes*. Paris: PUF, 2003.

Didi-Huberman, Georges. « La Chambre Claire-obscure », *Magazine Littéraire* 482 (janvier 2009): 87-88.

Forest, Philippe. *Haïku, etc. suivi de 43 secondes*. Nantes: Editions Cécile Defaut, 2008.

La Meslée, Valérie Marin. « Chaque fiche est une figure du chagrin », *Magazine Littéraire* 482 (janvier 2009): 84-86.

Lebrave, Jean-Louis. « Point sur la genèse de *La Chambre Claire* », *Genesis* No.19 ITEM, Jean Michel Place, 2002. pp. 79-107.

Le Breton, David. *Expériences de la douleur, entre destruction et renaissance*. Paris: Editions Métailié, 2010.

Macé, Marielle. « Barthes romanesque », *Barthes au lieu du roman*. Paris: Editions Desjonquères / Editions Nota bene, 2002. pp. 173-94.

Marty, Eric. « Contre la tyrannie du sens unique », *Magazine Littéraire* 482 (janvier, 2009): 62-64.

——. *Roland Barthes, la littérature et le droit à la mort*. Paris: Seuil, 2010.

Nunez, Laurent. « Vie nouvelle, roman virtuel », *Magazine Littéraire* 482 (janvier 2009): 74-75.

Piégay-Gros, Nathalie. « Roland Barthes personnage de roman », E*mpreintes de Roland Barthes*. Nantes / Paris: Editions Cécile Defaut / INA, 2009. pp. 185-202.

Richard, Jean-Pierre. *Roland Barthes, dernier paysage*. Lagrasse: Editions Verdier, 2006.

Sheringham, Michael. « «Ce qui tombe, comme une feuille, sur le tapis de la vie »: Barthes et le quotidien », *Barthes au lieu du roman*. Paris: Editions Desjonquères / Editions Nota bene, 2002. pp. 135-58.

Soulages François. « Barthes et la folle empreinte ou la folie, le scandale et la foi », *Empreintes de Roland Barthes* (éd. Daniel Bougnoux). Nante / Paris: Editions Cécile Defaut / INA, 2009. pp. 203-22.

羅蘭・巴特。《明室》。台北：台灣攝影工作室，1997修訂版。

羅蘭・巴特。《明室》。台北：時報文化出版，2024二版一刷。

——。《哀悼日記》。劉俐譯。台北：商周，2011。

許綺玲。〈「事後靜下來，不由自主悟得一引向盲域的局部細節？」：談《明室》

中「刺點」的幾個定義矛盾〉,《中外文學》,第27卷第4期316號,1998年9月。頁94-112。

——。〈舒曼的《黎明頌》與冬園相片〉,《糖衣與木乃伊》。台北:美學書房,2001。頁51-57。

# 尋找《明室》中的〈未來的文盲〉……

## 一、尋找班雅明

閱讀羅蘭・巴特的《明室》（*La Chambre Claire*），難免會有這樣的疑問：「巴特是否讀過班雅明有關攝影的文章？」這個問題並不能在《明室》中立即得到實證的答案。翻遍全書，不曾見到巴特引用任何班雅明的文字。這位攝影評論前輩也沒有任何著作出現在巴特所列的書目中。然而，由於法國學者葛羅諾斯基（Daniel Grojnowski）在近年著作中的提示，解開了這個謎[1]：原來巴特確實在參考書目中列了一項與班雅明有關的參考文獻，也就是《新觀察者》（*Le Nouvel Observateur*）畫報在1977年所出版的號外攝影專刊第二期[2]，其中不但刊載了班雅明的〈攝影小史〉法文版大部分的譯文，且該刊物中的幾幅攝影作品插圖也被巴特挪用於《明

室》中。巴特同時也援引了《新觀察者》1978年度第三期刊物內，義大利作家卡爾維諾（Italo Calvino）一則短篇小說有關肖像攝影的三項觀念[3]，以及同一期由提博多與謝福維耶（J. Thibaudeau & J.-F. Chevrier）合撰，以佛洛伊德精神分析角度論述攝影的一篇文章[4]。兩者的出處，巴特都清楚標示於文字邊欄註[5]，並且把這兩篇文章的出版資料獨立而出，編列於書目中。然而，巴特卻彷彿無以從班雅明的文章裡找到可資借用的任何想法——但這個結論未免下得太快，令人難以接受——或者我們也可合理地假設：巴特縱使從班雅明的文章裡多少得到了一些「啟示」、「共鳴」或「驚訝」，也許不是能以簡單的引句、或簡述概念等互文方式來指涉，而是有意無意經由其他較為曲折的途徑：旁生枝節、變形、互滲⋯⋯，簡言之，不是建立單純有意識的後設文評關係，而毋寧是⋯⋯「可寫性」的生產？或者，還有其他不易命名的可能？總之，很難教尋找班雅明的讀者，才剛起步就作罷。在這場尋訪歷程中，必然要觸及一般常見的閱讀影響問題：比如，巴特若是在撰寫《明室》前「接觸」過班雅明的攝影文章[6]，對其評價如何？既然書中沒有明確答案，便只能從周邊互文（paratextes）去尋找。果然，巴特在《明室》出版前的一篇訪談中，肯定班雅明論攝影文章的重要性[7]，以具有「先兆性」（prémonitoire）

界定其地位。可是，嚴格來講，巴特並無指名所提到的「文章」為何，是否一定專指〈攝影小史〉，仍有待進一步查證？然而，除了《新觀察者》的版本之外，他曾否閱讀其他更為完整的版本，甚至是否曾一覽〈技術複製時代的藝術作品〉等班雅明其他的攝影文章，亦不得而知？他所言的「先兆性」又是從誰的觀點、以何時間點來評斷的？實質內容為何？種種這些問題仍有待解決。可惜，在那短短的訪談中，他未再深入說明。至今，所知也僅限於此了。

經過初步的觀察，所得不多。但是，至此我們也僅是圍繞著《明室》或巴特「這　邊」在發問，尚未了解班雅明〈攝影小史〉「那一邊」的概況。想要了解「巴特看到的是什麼樣的一份畫報？」，最好是去看看當年《新觀察者》畫報的原貌。而葛羅諾斯基雖然揭露了書目關聯的事實，卻並未就此關聯作進一步的研究，也並未留下更多的線索提示。我們只好一切從頭開始。要找到這份刊物並不難。至於比較的方法，基本上仍先從實證的、或現象學式的觀察入手。除此之外，我們處於現今的時間點回顧過去，可以參考的，不只是當年畫報的原貌。近年來學者對〈攝影小史〉德文初版的考證研究成果，也大大有助於我們去了解、評析和比較那份被遺忘於圖書館多時、早已泛黃了的舊畫報。

## 二、〈攝影小史〉／〈未來的文盲〉

〈攝影小史〉最早在1931年分三期刊載於德國《文學世界》畫報[8]。就出版框架而言，這是一份綜合性文學文化刊物，非專門報導攝影藝術，因此針對的讀者對象是一般文藝愛好者。相對的，1977年出版的《新觀察者》攝影專刊訴求的讀者群是關心攝影史的法國知識份子，更希望能藉此系列專刊的發行，喚起一般知識份子、甚至大眾對於攝影史、攝影研究的重視。當時在法國，班雅明的法譯著作仍不多，但〈攝影小史〉法譯版已見收錄於班雅明選文集內[9]。《新觀察者》轉載班雅明的文章，別具意義，是以其思想體系為背景，以攝影理論先行者的地位來介紹這位法國讀者依然陌生的德國戰前作家[10]。

《新觀察者》在引介這位作家的文章時，採取了幾項編輯介入手法，對整篇文章的樣貌有一定程度的調整，對讀者的閱讀也有引導規限作用。編輯介入可分以下四大方面：一、添加編按序言；二、重訂標題；三、刪除部分章節；四、重新建立圖文關係。這四項改變必然相互牽動。同時，我們也將參照原初版本的出版背景，以釐清其與《新觀察者》版本的異同點。

就廣義的圖像符號學觀點來看，一份畫報的每個有形元素

皆是帶有訊息的符碼。然而，本論文並無意對〈攝影小史〉和《明室》兩篇本文各自的來龍去脈與內容進行最徹底的追蹤剖析，而僅著重於探索兩者之間各種形式的交集，故以下參酌引述的研究文獻，也以此作為主軸來整合評量。

## （一）編按

班雅明的文章被納入《新觀察者》攝影專刊第二期內，以「書寫與攝影」（écriture et photographie）為主題。編按序言有三項重點，提及法國攝影書寫的發展近況，班雅明文章的主題，並建議讀者自闢開放不拘的圖文閱覽路徑。

首先，編者在序言裡感嘆當時的法國欠缺真正有深度的攝影書寫，有關攝影的文章若非大師傳記就是文學創作——意指借相片抒情或敘事之作，傑出的知性文章尚且寥寥無幾，而學院也尚未普遍接受攝影為一項嚴肅的研究課題；即使偶有攝影的研究專論完成，又隨即「深鎖於學院庫藏之內」，其內容難為外人所知，也就無以發揮影響。有鑑於此，該刊思及於攝影發明約莫一百五十週年的時機，推出此一專號，除了介紹班雅明的經典論述，以及數篇當代作家學者的文章以外，也有拋磚引玉之意。雖然如此，我們必須了解在此之前，以審美、創作、技術面向、社會學調查、實用功能符號批判等的攝影專論

並非不存在，但是《新觀察者》期待的攝影書寫是要真正以攝影作為一項人文思考的客體，且書寫本身應展現特質風範。他們所預想的攝影角色，則不再限於造形創作或實用設計學科的一種必備技能而已，而是在人文社會領域內自成一科，成為獨立研究的學門[11]。不過，該刊編者顯然仍限於現代主義式的媒材獨立性與專業排他性的觀點，不欲攝影與其他造形藝術「混為一談」，也期許攝影書寫當有別於「文學類」寫作。而學院仍被視為唯一正統研究機構。

在《新觀察者》一系列攝影專刊出版的後一年，在上述有關《明室》的訪談中，巴特也曾感歎當時荒蕪的攝影書寫成果。唯《明室》出版前後，正巧有蘇珊‧宋妲《論攝影》的法譯本問世[12]，再加上法國哲學家、小說家兼攝影家圖尼耶（Michel Tournier）也有關於攝影的散文集出版[13]，算是一時之間在法國學術界帶起了一股小小的攝影論壇熱潮。

在這些前提之下，編者卻出乎意料，仍依傳統畫題之分類觀點，將班雅明的文章主旨訂為有關「肖像」攝影之探討，但又強調其文並不僅限於此一主題及其編年史，盼讀者勿過度期待。這一取向定位，與文章刪減的部分、周邊的配圖選擇也有關，稍後詳談。

## (二) 標題

〈攝影小史〉一文的標題在專刊裡被更名為〈未來的文盲〉(« Les analphabètes de l'avenir »)，標題本身頗有「先兆性」意味。它截取自內文第三章末的一段引句：「將來的文盲[14]是不懂得攝影的人，不是不會書寫的人。」（班雅明 54）原來的標題〈攝影小史〉本是個似是而非的標題。此因班雅明雖有心為攝影立史，卻對史的交代恣意而零散不全（且錯誤不少）。捨棄了這一標題，也就把史觀的問題降為次要議題，開放的將是另一閱讀的地平線。

事實上，班雅明寫作〈攝影小史〉的原初契機，適逢德國有幾部介紹早期攝影的圖集出版[15]。他一邊整理書評，一邊拼貼諸家想法（經常不註明出處），從中建構其攝影史觀：大體上，他以攝影發明後最初階段為黃金時代，以古非今。根據攝影史家呂貢（Olivier Lugon）近年來對於二戰之間（1919-1939）德國攝影文獻的整理研究，可知班雅明在〈攝影小史〉中提出的史觀，是他同時代新起的一種普遍看法，非班雅明一己的創見。這一史觀主要為現代主義攝影新美學的支持者所推動[16]，在他們眼中，此前之國際畫意派（Pictorialisme）長達二、三十年的稱霸，無異於攝影的黑暗墮落期。他們在當時，尊古大師、復興古典，為的是替現代藝術找出歷史「正

統」,並且視攝影媒材自主性為正規而具有未來發展性的藝術準則(Lugon 344)。班雅明亦接受這一史觀,尤其欣見莫荷里-納吉(László Moholy-Nagy)為代表的現代美學觀有助於開啟人類接觸現實的新視野,但是他畢竟不是以攝影美學為第一或最終考量,而毋寧是從社會歷史發展的角度洞察其必要性。根據學者莫德林(Herbert Molderings)所言,班雅明有意將現代攝影美學與唯物史觀試圖作一結合[17],目的在於提示未來的政治走向,或者依班雅明自己的說法,將美學政治化。因此,班雅明雖參考時人的攝影史觀,卻能夾敘夾評,不斷適時地加入個人的省思,比如,他將畫意派所代表的攝影「黑暗期」視為一項社會徵兆,從中見出其反映的是資產階級價值的興衰始末。到了末章,班雅明面對當時希特勒納粹之逐步掌權,更迫切期待攝影能在政治上發揮教育大眾的功能,透過所謂「建構」的景物攝影,糾察「犯罪現場」,透過攝影肖像讓觀者學習社會面相之解讀,也透過圖說文字導正政治觀點。因此,「未來的文盲」在這一目的性之下,便是特指欠缺能力,無法「正確」解讀攝影社會性與政治性訊息的一般大眾,甚至,攝影者本身。因此,若是以「未來的文盲」作為班雅明的文章標題,除了就編輯實用觀點來講要比中性的〈攝影小史〉更生動,也應有助於強化本文所帶有的政治性意涵[18]。但問題

是,這是否《新觀察者》編輯的立場或意圖?卻不盡然,從其文章刪減的部分來看,令人難以確認這樣的可能性。

### (三)刪除段落

〈未來的文盲〉與〈攝影小史〉初版對照,如同大部分法國的譯本一般,沒有依原來德文版連載日所分的三大章節編號,而連成一個單篇無小標的長篇散文。原本過長的德文段落也重新劃分過。此外,除了一段詩句被刪(班雅明 18)之外,最重要的是刪去了以下兩大長段文字:

- 第二章末的長段,直到第三章起頭,即等於中譯本從「順著這個比喻談下去,攝影界倒也出了一位布佐尼⋯⋯」(班雅明 33),到第三章「⋯⋯如何捕捉社會環境和風景在人臉上的無名表露。然而,這種可能性的促成條件幾乎完全取決於被拍者」(班雅明 41)。
- 第三章中間起,「有個深具意義的現象是,一般的辯論總堅持局限在和『攝影作為藝術』相關的美學上,相反的,像『藝術作為攝影(或藝術以攝影形式呈現)』這種更確切具有社會意涵的問題卻甚少受到注

目」（班雅明 46），一直到「……，使他們不致於陷入當今攝影的最大危險：裝飾傾向。史東（Sasha Stone）便說道：『攝影作為藝術是個非常危險的領域』」（班雅明 50）。

這一刪，非同小可。豈不將〈攝影小史〉的兩大菁華片段刪去了？若要為編者想像一個「合理」的刪除理由，則不難發現這些段落剛巧都沒提到「肖像」，如此剩下的部分看似更加扣緊了肖像的主題，也符合編者導言裡的提示。但是這樣的介入卻不免讓人懷疑：編者是否無視於班雅明原來的推論脈絡，而刪去後的文章恐將比原先更顯得思緒跳躍而片段化了？刪去的兩段確實包含了許多極為重要的美學與政治雙重議題，交織了多重而複雜的隱喻概念。尤其被刪的第一大段，可謂既難解又充滿班雅明式靈光乍現的想法：就在這一段文字裡，班雅明介紹了傳奇性的阿特傑（Eugène Atget），視他為超現實主義前衛藝術的革命先鋒，從論其作品風格出發，對應的是社會如何掃除虛假的「靈光」，解放了現實。接著，班雅明隨即提出了「靈光」著名而曖昧的那段定義[19]，最後並點出技術複製時代藝術品的普及化、平民化、共有化趨勢已在所難免。刪去的另一大段，正巧又從藝術的攝影複製所將造成的文化衝擊談

起,接著又警示現代攝影若回返「為藝術而藝術」的傳統唯美崇拜,恐將固步自封,陷入發展困境,成為墮落的布爾喬亞價值的附庸。綜言之,在這兩段被刪的文字裡,班雅明提出他對當代兩大主導的攝影新藝術的觀點,一是以法國為主的超現實主義,另一是以莫荷里－納吉為中心的德國「新意象」;前者可作為美學政治化的成功實例;從後者關於攝影與藝術新起的辯證關係中,班雅明瞥見了攝影／社會發展的危機。

這兩段文字有著不少的史料正確性及專業知識方面的問題,但是當時《新觀察者》的編輯是否也意識到這些問題,故加以刪除,恐怕難以斷定。這些問題如下:首先,在班雅明的認知裡,超現實主義僅以時代稍早的阿特傑為唯一代表[20],其他多樣形式的超現實攝影實驗創作則一概未提。而他所參考的攝影集編造了一位傳奇性濃厚的阿特傑,資料並不可靠,但班雅明樂於附會之。至於「新意象」,班雅明雖讚許這一現代攝影表現對技術條件的充分利用、持續開拓無限眼界的潛力等,但並非全盤接納其美學觀,僅片面而略顯零碎地引用某些論述,對於這一美學主張之下的藝術產物及其自我定位也心存疑慮。不過,問題最大的是有關攝影作為複製技術的方面。學者弗立佐(Michel Frizot)曾嚴厲批評他對定義與用詞混淆不清,把藝術模本的原樣翻製、實物的影像再現,以及負片的複

本拷貝,三者混為一談(Frizot 119)。雖然如此,縱使班雅明對當代藝術發展,以及不同的複製技術工具的理解和解釋有偏頗誤解,卻能借選擇性的事例,以符合其唯物史觀和政治立場的取向,來推進論述——不能不說是他的政治熱情與創意想像使然[21]。

〈未來的文盲〉雖然保留了第三章有關俄國構成主義電影與桑德(August Sander)影作等重要部分(都以肖像為主),但是少了上述兩大段落(包括「靈光」的定義!),不免減損了原文在政治訴求上更充足的舉證效力。經過剪裁後的〈未來的文盲〉,也就更像是一篇短路跳接的攝影史,一篇主要為了評介各時期肖像之功能與表現的評論散文了。這就是巴特讀到的〈攝影小史〉?

### (四)配圖

巴特是否細讀了〈未來的文盲〉或〈攝影小史〉,也許永遠是個謎。但是他鐵定細看了《新觀察者》畫報裡陪襯一旁的多張照片。

原版的〈攝影小史〉配有多幅攝影圖像。有些圖雖然並不難找,但後來的重印或翻譯本均少見刊載這些原有的配圖。《新觀察者》畫報裡的〈未來的文盲〉亦無包含任一原有的配

圖。總體來看,該畫報採取的是全刊一脈貫穿的配圖方式:文章與圖片各自分立,圖片並不專用以「配合說明」文章。若不想讀文字,亦可翻閱一幅接一幅半版或滿版的精印套色圖片,每雙頁至少有一幅古今影作可欣賞。每幅圖像並附上一段詳盡的說明文字,交互並列於文章段落之間,以編排字體及空格區分開來。圖說內容盡可能對攝影者與被拍對象詳作傳記式說明,並有影像美學或社會、歷史意涵方面的重點提示;若相中人物無可指認,欠缺身分資料可詢,圖說撰者便自行發揮想像,編一段小故事,或提出一些生命的基本問題。伴隨〈未來的文盲〉的攝影圖像雖與文章內容無涉,不過大體上仍順著時代順序展示作品,從最早的發明期直到二戰之後,跨越〈攝影小史〉的年代。作品多以英美早期攝影家之作為主,歐陸較少;並符合編按所強調的主題,圖片均為各種樣貌的個人或群體肖像(我們別忘了《明室》也算是一本以肖像為主要論述客體的攝影札記)。值得注意的是,從圖說及選圖可知,編者對作品的評價與〈攝影小史〉相近,貶抑畫意派而頌讚「直接攝影」。事實上,畫意派在1930年代沒落之後,始終難以翻身自證。這樣的美學評價從二戰期間以來歷久不衰,即使在戰後面臨各種歧異的新作風,仍難以動搖其受漠視的地位[22],一直要等到1990年代才真正改觀。巴特在同一訪談中亦曾表

示他認為攝影最偉大的時期是在「英雄時代、最初的時代」（Barthes 1981: 333），完全認同班雅明的看法。

然而，最令讀者感到好奇的是，畫報中的多幅攝影因為再度用於《明室》中而廣布流傳。在同一訪談中，巴特也坦承自己用了不少《新觀察者》裡刊載的照片[23]。多數照片正巧順著〈未來的文盲〉文章走。巴特自言基本上他是以「論證」（argumentative）的價值（Barthes 1981: 333）來使用這些照片的，包括：

阿維東（Richard Avedon）攝：威廉·加斯比（William Casby）（62）[24]。

泛·德·吉（James Van Der Zee）攝：家庭肖像（74）。

海恩（Lewis H. Hine）攝：療養院病患（83）。

納達（Nadar）攝：沙佛釀·德·布拉札（Savorgnan de Brazza）（85）。

威爾森（G. W. Wilson）攝：維多利亞女王（92）。

加爾得內（Alexandre Gardner）攝：路易斯·拜恩（Lewis Payne）的肖像（149）。

這些照片當中，只有阿維東的作品是作為「知面」（stu-

*dium*）的其一定義說明；其餘的，幾乎是一張接一張，用於解說「刺點」（*punctum*）的定義，而拜恩的照片更是具現了最關鍵性的「刺點」第二義，時間，「此曾在」攝影本質的「激烈表現」（巴特 2024: 146）。這些照片已成為《明室》不可或缺的一部分：幾乎已成了**《明室》的照片**。除此之外，筆者在翻閱系列專刊時，尚且發現有些相片在《明室》僅是以文字描寫方式被提及，並未直接轉刊圖片，如麥可斯（Duane Michals）拍攝的雙手遮臉的沃霍爾（Andy Warhol）肖像（Barthes 1980: 77）；加爾頓（Galton）與莫罕穆德（Mohamed）的精神病患面相學攝影研究檔案（Barthes 1980: 175）；畢佑（Commandant Puyo）的「天然色照相術」（autochrome）藝術影作（Barthes 1980: 180）；以及，或許也有些微關聯，一批自動照相亭（photomaton）大頭照拾得拼貼之作[25]（Barthes 1980: 27）。

　　至此，我們可以很肯定地說，《新觀察者》確實提供給巴特以落實具現其想法的圖像材料。巴特充分利用了這些影像，並經常從圖說裡找到十分有用的訊息，成為「知面」的基礎[26]，同時更發現了他的「刺點」[27]。巴特從這些影像和圖說所作的創意挪用以及主觀化轉用，與班雅明自由拼貼他人引文、由敘轉評、化為己見，兩者豈不是有異曲同工之妙？最顯著的

是班雅明解讀朵田戴（Karl Danthendey）夫妻雙人肖像時，從直觀人像、投射感受，再附會張冠李戴的誤識，竟也得出一段極具創意的攝影書寫[28]。

若非《新觀察者》這批影像，《明室》必定是很不一樣的一本書，但圖片來自《新觀察者》編輯的貢獻，與班雅明本無關聯。至於〈攝影小史〉，若沒有任何可依實證分類的互文形式出現於《明室》中，但是否仍以某種「潛移默化」的方式，散落、播灑於《明室》？巴特是否從其他管道讀過這篇早期的攝影文論？如果這個謎終將無解，但依舊耐人尋味的是，巴特的文本確實「重拾」、「回應」了班雅明所曾開闢的幾個重要攝影議題。下一段，我們將比較兩位作家的寫作方法異同，再探討《明室》幾個字鑰與〈攝影小史〉有何對話與迴響。

## 三、〈攝影小史〉／《明室》

〈攝影小史〉初刊同時，接二連三的攝影史撰與攝影評論新作曾激起德國關於攝影美學和史觀的一場論辯。而《明室》出版前後，法國也樂見攝影書寫及攝影史的研究漸受重視。可以說，兩者的出版都處在一個轉折點上，攝影論述從先前被冷落的局面轉而漸受關注。不過，這兩位主要是文學背景出身的

作家,雖然對影像文化長期關懷,但是對其客體的認識也有一定的局限,特別是兩人在攝影技術方面僅掌握了片面的知識。兩人自覺或不自覺的懷舊傾向,又使他們對於同時代的新風格作品持保留態度。對於各種觀點的影像論述亦非照單全收,而是憑其書寫針對的特定議題來篩選整合,不難看出其中多少帶點隨意性與偶遇的緣分。依其文章的散文性質來看,他們當然不是照論文式寫作的步驟方法,也不講求完整齊備的文獻考證。可以想見他們在寫作時,如何將自己圍繞在幾本畫冊圖錄之中,讓思路穿梭其間,目光在影像之間來回停佇。如此,方法上的自由無拘或許更有利於書寫與圖像的對話。

　　上述在寫作方面兩人的相近處,或許並不能證明什麼。反倒是兩人在文中所持的陳述立場和角色定位值得我們注意,此因立論點的不同也啟開了論述發展上的分合異同。如果班雅明想藉一次小規模的歷史書寫嘗試,以提出他對當時及未來社會的美學／政治主張,相對的,巴特在《明室》裡的態度,表明是從私密主體出發,如達米胥(Hubert Damisch)所言,「《明室》裡的巴特同《最低限度的道德》(*Minima Moralia*)裡的阿多諾一般,肯定自身作為主體的政治權利,且必須捍衛之。」(Damisch 23)巴特將自身定位於觀看者與被拍者(或他所言的「幽靈」*Spectrum*)的消極角色:作

為被拍者,他每每無奈於接受此一角色,因自身想像與所得影像之間,那難以抗拒的異化,已構成政治上個人主體之權利範圍的危難;可是,作為觀看者,消極懶散的態度,順從直覺與情感的向性,卻形成了另一種哲學上的基礎[29],無待(impassible)以待,反而為自我真相的浮升,讓出了空間。班雅明則認為觀看者及操作者在政治上皆應扮演積極主動的角色,以澄明的眼光對瞬息萬變的現實周遭時時保持警覺。由這些立場上的異同,巴特的《明室》與班雅明的〈攝影小史〉,在幾個近似的議題上竟也有了相近或相反的觀點。「未來的文盲是誰?」這個問題,若於此處採寬鬆多元的解釋,或可作為以下思考和對照兩個文本的引線。

### (一) 隨便什麼;危險的攝影

從《明室》出版以來,「刺點」曾引發了許多討論。相較之下,「知面」卻經常受到評論者的忽略。然而,熟悉〈攝影小史〉內容的讀者不難發現,在有關「知面」定義的章節中,巴特彷彿回應了班雅明極為關切的攝影認知難題,有些章節更重拾同樣的討論客體,因而特別值得注意。

班雅明從〈攝影小史〉第三章起,檢討當代攝影美學,如前所述,原則上他肯定當時盛行的新意象、新即物與構成主

義,皆以技術條件為本,足以開拓人類的視覺潛力。可是他在〈小史〉文末警告「未來的文盲」是不知如何解讀自己相片的攝影者,對他而言,「裝飾傾向」(班雅明 50)會令攝影成為一個「危險的領域」[30];過度講求形式化、追求唯美、耽溺表象,不但造成知識危機,更不利於人們在政治意識上的解放。簡言之,影像在政治上的**動機不明**極可能落入反動者之共謀。如前所述,班雅明所言的「文盲」主要指的就是影像政治意涵的無力接收者。

班雅明對現代攝影新語言的具體著墨並不多。《明室》第14節「突襲驚嚇」(Surprendre)卻試圖整理了屬於「直接攝影」之下的幾項類型,談論的雖是跨越二戰以來直到巴特當代的攝影[31],但是回顧來看,可視為針對1920至30年代以來奠基之現代美學的一種誇諷式分析。巴特帶著不滿的語氣,列出了五項他頗不以為然的作法,筆者依各自手法重新歸結如下:稀有被拍物之窮盡蒐集、視覺接收限度之挑戰、攝影材質潛能之發揮、攝影條件之偏離與超越、藉實物作影像修辭遊戲。此外,再加上一項難以分類的「隨便什麼」,鄙意明顯。這些,原是被認定為奠基於技術條件、依隨媒材自律性而發展的途徑,卻經由巴特的解析,曝顯為去除知識、以(挑釁為主)行為至上、流於矯情的行動派藝術:「攝影者就如特技演員一

般,必須對一切可能性,甚至向微乎其微的可能性挑戰。推向極端,還得向有趣的一般定義挑戰,亦即當人們看不出何以要這樣拍攝時,便是一張『驚奇的』相片。……『隨便什麼』於是成了心機最複雜、最具造作價值的東西」(巴特 2024: 61-62)。如此一來,當代社會豈不已將「未來的文盲」予以合理化、正名,甚至昇華!當代攝影者奉為規臬的竟是「不知為何」,「莫名其妙」。此處攝影者追求「不知為何」的努力本身,以及觀者的「看不懂」反應,竟成為影像的目標和品質的保證。更進一步講,在藝術的生產過程中,要以智識空乏化作為視覺藝術的主要客體,以分隔視覺接受中的概念與感知,作為美學基礎。表面上,這彷彿只是在「為藝術而藝術」的範圍內,注入的一種二度符號神話系統[32],在藝術的領域內刻意營造出的**動機不明**。但是,這其實不只是現代美學(在巴特看來)畸型發展的問題而已;這個傾向還觸及社會文化的深層問題。作為社會符號學家的巴特並未忽略這一點:簡言之,他對當代攝影「藝術」的批評可對照他從《神話學》以來對小布爾喬亞價值的批評,這些價值(在此相關的)比如反智、以賣力程度對換等價;再加上從1960年代以後,法國逐漸形成消費主義社會,追求商品創新風尚的價值,為求異求新而求新求異、不假深思地不斷迎合消費的欲望等。巴特對這些價值觀的

不滿,多少等同於他對攝影藝術的反感。

不過,最重要的是巴特在《明室》第二大章結束前作的歸結性闡釋:這種令人「看不懂」的影像其實是一種以藝術手段馴服影像瘋狂的保證,因為「看不懂」本身是絕斷而明確的,是單一、無深度的隔膜。藝術世界是如此,在廣告類或新聞紀實影像中,則力求訊息盡可能地簡單化。若非如此,「太多話」、訊息無止盡衍生的影像,會被當代社會認定是「危險有害的」;相反的,無知化,愚鈍化,已然成為社會理性秩序的一項安全保障:「客體在說話,在含糊地引人遐思。僅止如此,亦可能被認為是危險的。萬不得已,比較可靠的是沒有意義。」(巴特 2024: 66)

綜合比較上述班雅明和巴特的觀點,兩者在其著作中都提到攝影的「危險」,但觀點相反。班雅明是從政治面考量美學應該選擇的走向,唯美是危險的歧路。巴特則是用反諷法,指出當代社會眼中認定的危險是太多話的攝影,規範之道是消音,無論是藝術或傳媒都應簡化訊息,甚至以「莫名其妙」為良方。因此,班雅明期待攝影具有教育者的功能,政治上的指導要先從指導攝影作起。而巴特的立場是反社會的,他把當今普遍的攝影用途視為一種社會壓抑(瘋狂)的結果:要解放社會,轉型社會,須同時解放攝影[33]。

## （二）假面、氣質、靈光

　　寫《明室》的巴特對於攝影本身批判社會的效力是抱持懷疑論的。但是他也承認，相對於意義過剩或無意義的影像，有一種足以顯現簡單純粹的社會意涵的影像，其確定性是難以為觀者所忽略的。關於這點，巴特在《明室》中是直接引用《新觀察者》對阿維東作品（William Casby，《生為黑奴》）及圖片說明所提示的觀念，並從其圖說當中，以及從卡爾維諾的短篇小說裡，借用了「假面」（masque）一字，作為人面肖像裡社會所注入的意涵：「人的面目何以成為社會和歷史塑造的產物」（巴特 2024: 63）。不過，巴特認為「假面」攝影甚為罕見，有此企圖的影像並不一定能達成目的。就像是為了回應班雅明（抄襲小說家都柏林〔Alfred Döblin〕）的看法，巴特再度以桑德為例來探討這個問題。從班雅明的時代到巴特的年代，五十年間，桑德的神話已然形成。巴特也不疑有他，採信的是一般對桑德因其影作而遭納粹迫害的傳說。這個傳說等於反向印證了班雅明和都柏林對桑德肖像功能的期許，將原先的「期許」逐漸附會轉化成「真實史實」[34]。然而，巴特或許對桑德的觀察評價仍是兩面的。雖然他並未如蘇珊・宋妲那般冷笑──她語帶反諷，點破了桑德計劃中過於天真的「客觀」信念──但是他也察覺到桑德有許多作品，並不能單靠影像就

能展露給觀者十分明確、「純粹」的社會意涵,也就不一定能形成「假面」。從觀者到影像之間,巴特認為觀者一方先決的立場仍為關鍵所在;閱讀影像時,在極大的程度上仍取決於觀者主動選擇的解讀角度。對於欠缺政治警覺意識的人,大多數的影像至多只表現了圖像性的趣味。

至於班雅明的看法又如何?一方面,我們已看到他對攝影者與觀看者的解讀能力有極高的要求與期待:「社會環境(milieu)與風景只向某些攝影家顯露,因為只有他們才曉得如何捕捉社會環境和風景在人臉上的無名表露」(班雅明41),但是另一方面(又是在被刪去的段落裡!)他又接著寫道:「然而,這種可能性的促成條件幾乎完全取決於被拍者」(班雅明41)。換言之,被拍者本身須先已沉澱了由裡而表的社會性意涵(假面),才能為識者所掌握。

同樣的,巴特也確定只有在「某些攝影家」的慧眼和巧技之下,才有所謂的「假面攝影」存在(巴特 44)。拍攝黑奴肖像的阿維東,其功力在《明室》中被兩次提起,不只因他善於捕捉「社會環境和風景在人臉上的無名表露」,並且能夠再現另一種屬於內在「本質」的肖像價值(其價值位階更高),也就是「氣質」(air):這是一種超乎社會性的總體人物神情,具有不可拆解、不可簡化、不可析斷解讀(articuler)的

尋找《明室》中的〈未來的文盲〉⋯⋯　205

印象。巴特在柯特茲（André Kertész）所拍攝的《蒙德里安肖像》（Barthes 1980: 172-173）中也感受到這種「氣質」的顯現[35]，並為圖像配上這句問話：「如何具有睿智的氣質而不想任何睿智的事？」（巴特 2024: 173）巴特並未回答自己所提出的問題，但是已暗示了一個弔詭的真相：如同「刺點」在觀看者被動無待時才會浮現，被拍者的「氣質」似乎也是在消極不自覺當中最易顯現。如此，巴特也算是肯定回應了上述班雅明「促成條件幾乎完全取決於被拍者」的說法。

　　巴特對「假面」與「氣質」如何呈顯於攝影當中並沒有再提出進一步的理論。反觀班雅明，卻在處理類似的現象時，從社會階級歷史以及技術發展史當中去探尋肇因。班雅明甚至在攝影早期的「黃金時代」，看到兩者的合一展現，結合了社會性與情感神態，他並以〈攝影小史〉第一次出現的「靈光」一詞來通稱之：「早期的肖像照，有一道『靈光』環繞著他們，如一道靈媒物，潛入他們的眼神中，使他們有充實和安定感。」（班雅明 30）此處的「靈光」是可感知可分析的，技術上是一種早期攝影感光材質與曝光時間所共同形成的效果，在影像中具體地以光影分布之柔和漸層所呈現[36]。班雅明將這種效果的存在與否和十九世紀社會之變遷互喻，也就是當布爾喬亞昔日的價值與正當性已然式微，對應的攝影文化也只能追求

造假的「靈光」，作為虛妄的補償，而補救的方法顯得勉強又造作：一方面，有試圖彰顯社會意涵（「假面」）而失敗的例子，比如卡夫卡童年的一幅相館照，相中那幼小的身體被外加的「幸福」符碼（裝束、背景）所壓抑，唯有焦慮的目光望向了相片外的遠方；另一方面，在所謂的藝術攝影表現中，相片載體藉由外加的上膠等技術來模擬昔日靈光的表象（「氣質」），以模糊原有的光影指涉性留痕為代價。

「靈光」作為「假面」與「氣質」之融合的定義，僅見於上述班雅明那段引言。有趣的是句中幾分突兀地用了「靈媒物」古義之譬喻[37]。儘管班雅明如何強調技術物質層面與階級史面向的解釋成因，其論述中不免暗示著老照片予人之神祕感受。多少出於這樣的矛盾混合語調，使得描寫紐哈芬漁婦影像的段落以及朵田戴夫婦的故事，成為〈攝影小史〉予人印象最深、最美的一段文字吧[38]？

### （三）時間、刺點

「靈光」之為靈媒物、神祕散發物，賦予攝影神奇的、魔幻的面向，這些比喻顯然在巴特的《明室》中也找到了共鳴，其由來主要是得自於「此曾在」攝影本質所奠基的指涉性符號關係[39]。班雅明描述紐哈芬漁婦肖像並引發觀閱聯想，在這個

專注的凝視過程中,觀者跳過時空距離,感受到相中客體的獨一無二性,也體悟其作為曾經實存之個體生命的事實。也就是說,在這一過程中,觀者不只對攝影客體的實存明證、對接受經驗本身的反身意識,甚至進而引起的、對時間距離的強烈意識,都已相當接近巴特所謂的「刺點」之第二義,「沒有形、只有強度」(巴特 2024: 146),即對今昔時間的猛烈意識。不過,就「時間」來看,兩人的認知以及重點仍有差別:首先,班雅明只在十九世紀初的老照片中感受到這一經驗,並強調其長時曝光之必要性,也就是以技術上的局限為其主因;相對的,他認為後來的快拍照(snapshot)已不再能激發這種意識了。巴特則在尋思「此曾在」的問題上,不去區分長時曝光的老照片和快拍照之間存有的技術面差異,而以「此曾在」為**所有照片的共通本質**。換言之,一者認為攝影(技術)史發展為轉變的關鍵,另一者則未考慮歷史因素,或者只依攝影發明前、發明後為決定性斷代。然而,若是所有照片皆共有「此曾在」的本質,「時間」之為刺點的強烈意識,卻不是每個人對每張照片都會有的經驗。班雅明由紐哈芬漁婦照片觸發冥想,感受到被拍客體的實存明證與獨一性,他有感受到那既近且遠的存在,對之有「曾經真確存在」的認識,但並沒有因「已經不存在」而憂愁感傷。因此,請讀者容我們作個不太對稱的

比照：紐哈芬漁婦對班雅明所激起的召喚聯想，其實比較接近巴特舉例的尼葉普斯的《擺好餐具的桌子》靜物照（Barthes 1980: 137），強調的是人們明白攝影的實物指證性，並不同於過去繪畫所帶有的逼真效果或「相像性」（iconicity）。然而，巴特更進一步思及的是，某些相片不只有指明相中物的過去實存，更不能不讓人意識到的是那一刻「永不復返」的時間性。因此，對於注入相中世界的時間性來講，兩人都在凝視當中重新體驗、揣摩那被拍物迎對拍照行為特有的唯一時刻，那（過去式）「存活」的一刻已被恆久留存，但是班雅明感受較強的是猶如投入戲劇情境「此時此地」的此在感[40]，不像巴特（面對某些照片）有時尚且會感到震驚、傷慟，因為意識到那一時刻已被絕對封死於相片中了。這種照片特有的絕緣、與現今時空完全無望的隔離，正是巴特要再區分出一項「刺點第二義」的原因。總的來講，巴特較班雅明更執著於思索攝影時間的矛盾性，也是由此而洞見攝影的思考應與「愛與死」的雙重主題緊密相繫[41]。

也是與時間的矛盾性有關，對於凝視照片時啟開的時間性（過去未來式）聯想，兩人都感受到相中人「注視的目光」（le regard）扮演著決定性作用。班雅明為朵田戴夫妻編想的故事，從扭曲其軼事，再依隨相中人的目光（望向不知名的

未來）套入甘特（André Gunthert）所謂的「回顧預言」式聯想（Benjamin 32）。巴特在接著談「氣質」的章節之後也提到注視的目光[42]。但是他特別留意的是相中人面向觀者時所流露出的眼光，一種空洞的、「無所思」的眼光，讓觀看相片的人彷若處在相中人視而不見的未來時間點上。觀看者對這虛幻的、時間錯隔的相互主體性，會感受到極度不安的反身意識，因這種相互主體性是純想像的，似存而錯失的，是沒有真正搭起完整圓拱的彩虹橋。這裡巴特的文字便顯得極為曖昧：他從加爾頓與莫罕穆德的精神病患照片檔案中得出「凡是直視眼睛的人便是瘋狂的」的結論（巴特 2024: 175），但這句話卻一石二鳥，言中的既是相中人，更是觀看者自身反身自覺被客體化、烏有化的驚恐[43]。

巴特尋思「刺點」的定義之一「盲域」，是開啟故事想像與敘事時間性的契機。經常，特定的細節成為其出口所在。班雅明談照片故事的發展，則並未強調特定細節的效果。「刺點」的細節魅力無法在〈攝影小史〉中直接找到對應的觀念。但是葛羅諾斯基在彙整各種班雅明式「靈光」的諸多意義時[44]，曾指出一點，深具啟示，值得我們在此處概述並闡釋其想法：正午時分，賞遠山景，近處樹枝，投影身上[45]，是一種切劃出有限時空框架的感受經驗；同樣的，在觀賞戲劇的時間連

續性過程中,由於演出者的姿態、手勢、音調等的「細節」,觀眾會感受到那一特殊時刻的神奇感[46],這都是一種「靈光」乍現(Grojnowski 289)。這個情境與出神入化的審美經驗相較,或許有更高度的自我意識[47]。

　　葛式進一步闡釋說,當這種經驗出現於藝術欣賞過程時,觀看者正強烈地意識到就在當下眼前,美正在蘊生,見證的是:在藝術家的展演中有個精彩細節「正在生產」中(Grojnowski 289)。然而,這樣的經驗若是發生在觀看照片的情況,則有個挑戰文化規範的兩難出現:當觀者為某一細節之美所感動,或者以個人感受投射其上時,並無法如上述面對戲劇或繪畫作品的情況,不能解釋為某一藝術家創生成果的接受。這是因攝影影像的形成,其整個的光影留痕經過,只是個機械性的感光過程,是「非人手介入」、文化闕如、非指涉藝術(才情與技藝)創生的成果。或許班雅明也曾意識到攝影特有的情況,無論如何,在〈攝影小史〉之後的攝影論述中,「靈光」已逐漸轉為獨偏「作品之獨一無二存在」與崇拜儀式價值的面向,且完全不為攝影所擁有了。

　　巧妙的是,上述葛式以戲劇為例所舉的欣賞情境描述,竟與《巴特自述》中提到的觀戲經驗相當接近:「戲劇舞台(切割之景)是維納斯的地盤,亦即愛神被(賽姬與其油燈)觀看

照亮的地方。只要有個偶而出現的次要角色展現某種引人欲求的理由（理由可以是倒錯無用的,與美無關的,而是連接於身體的某個細節、某個嗓音的本色、某種呼吸方式,甚至有點兒笨拙）那整場表演便有救了。」（Barthes 1975: 86）其中,巴特更凸顯出欲望在此特定場域裡可期待的偶然交流,同時又強調在這私密的觀賞中,為之感動的源頭並不尊崇文化上所界定的美的賞析標準。這樣的感動或騷動,已經非常接近發覺「刺點」的經驗了。而上述葛式指出的問題（即感受攝影影像的特定細節卻無涉拍照者藝術生產行為的體認）,對巴特來講,已不構成問題。作為觀看者,面對戲劇這一傳統藝術,巴特已自承將身體欲望置於觀看主體的前位,接受、甚至熱烈期待那反菁英文化、去除審美規範標準的制約。當這樣的觀點再移至攝影的觀看時,巴特也強調「刺點」的閱讀已將知識、教養揚棄一旁[48],不是體會、理解,也不是賞析,而是聽從欲望的指導以及愉悅的召喚——而這時,影像的操作者早已退席。由此可得,上述葛氏指出觀景或觀戲經驗中的「靈光」定義,約莫位於巴特的「知面」與「刺點」的中途。又由於攝影已視為被攝客體的感光留痕,將操作者放入括弧,因此「刺點」的閱讀又讓觀看者以狂想的方式更為直接地觸及了被攝體,「我越過了非現實的代表事物,瘋狂地步入景中,進入像中」（巴

特 2024: 178):瘋狂的,便是那否定文化、知識,閃躲「知面」閱讀的觀看者——就此而言,不也是某種意義的「未來的文盲」?

## 四、小結

經過了上一章節的比較,我們還是不敢斷言〈未來的文盲〉有否直接「影響」巴特。何況在討論過程中,形成交集的重要觀念所涉及的〈攝影小史〉關鍵引句,恰好是被《新觀察者》刪除掉的部分!雖然如此,影響論本來就不是我們追尋答案的真正目標,而是作為一種嘗試探索的路徑,在比對過程中推進思索。終究,可確知的是,班雅明1930年代初所彙整的攝影史話議題,他所開啟的討論方向,在日後確實引發了諸多迴響。班雅明的攝影文獻若具有「先兆性」,亦須經由日後學者的努力與證實,無論是肯定或反駁,總是從一而再地回顧中,找到了引發興趣、激發爭議的點。換言之,學者對其文獻的再發掘與再閱讀,有助於逐漸鞏固其「經典」地位;或反過來說,作為經典的生命延伸,正有賴於不斷的闡釋、回應、商榷。從班雅明到巴特,當然不是單一直線相通的脈絡可連繫。在以上的討論中,我們便發現定義始終浮動的「靈光」,或隱

或顯地閃現在巴特探討的「假面」、「氣質」、「刺點」與時間的各種概念當中。而關於現代藝術美學的問題、攝影之社會介入功能的問題（如對桑德的評價），則可說是從班雅明以來，經由蘇珊・宋妲、約翰・柏格等，直到巴特及其後的學者，已成為攝影的經典課題，其論述仍在多元匯流中，繼續前行。

　　班雅明從整建攝影史的宏觀角度切入，卻在憂時的感傷語調中，留下了懷舊而未決的結語。巴特在《明室》中本是擺明了以「我」為中心，迎對現象世界，也甘冒洩露其私密情感的不安，在焦慮、困惑、傷慟、悲憫，以及愉悅、陶醉等種種動情言述之間，同時在進行著一趟知性的追尋之旅。然而，從私我出發，最終巴特仍延續著隨筆散文的傳統，將個人感想逐漸引向了普遍化的思考，從攝影洞見的，最終是要針砭整體當代文化中的病癥。就此，越過了半個世紀的時光，巴特與班雅明看似反向而行，至終，卻有了深刻的共鳴。

1 請參見Daniel Grojnowski. « Les auras de l'' 'aura': Walter Benjamin », *Photographie et langage*. Paris: Librairie José Corti, 2002. p. 296，以及« Roland Barthes et le mystère de la Chambre Claire », *Photographie et langage*. pp. 300-301.
2 *La Chambre Claire*書目中僅見刊物總名：*Spécial Photo, Nouvel Observateur*, No. 2, nov. 1977. (Barthes 1980: 187)。
3 Calvino (I.). « l'apprenti photographe », nouvelle traduite par Danièle Sallenave, *Le Nouvel Observateur, Spécial Photo*, No. 3, juin 1978. (Barthes 1980: 185).
4 Chevrier (J.-F.) et Thibaudeau (J.). « Une inquiétante étrangeté », *Le Nouvel Observateur, Spécial Photo*, No. 3, juin 1978. (Barthes 1980: 185).
5 *La Chambre Claire*書中引用以上兩篇文章的頁碼分別是Calvino：頁18, 61, 176；Chevrier-Thibaudeau：頁28, 68。
6 無論如何，可以確定的是巴特在寫《明室》之前，對班雅明已有一定的認識，比如他於1977-78學年度在法蘭西學院開設的講座（主題：Le Neutre）中，便多次引述班雅明。請參見*Le Neutre, Cours au collège de France (1977 1978)*. Paris. Seuil, IMEC, 2002.
7 請參見« Sur la photographie », *Le Grain de la voix, Entretiens 1962-1980*. Paris: Seuil, 1981. p. 329.
8 〈攝影小史〉« Kleine Geschichte der Photographie »，1931年初版原刊於《文學世界》（*Die Literarische Welt*）畫報（第七年度），分三期連載如下：第一章，No. 38，9月18日出刊，頁3-4；第二章，No. 39，9月25日出刊，頁3-4；第三章，No. 40，10月2日出刊，頁7-8。（Gunthert 37）
9 《新觀察者》的譯文截取自以下文集：« Petite histoire de la photographie », *Poésie et révolution*. Paris: Denoël-Lettres Nouvelles, 1971. 原譯者為Maurice de Gandillac（*Nouvel Observateur 20*）。
10 該文在標題頁之下，有關於班雅明生平小傳幾行字的介紹。
11 巴黎第八大學便率先創立了攝影科系。鼓吹成立獨立專屬之攝影科系的想法到了影像漸行數位化的時代，便已不合時宜，此後的新趨勢是將整體視覺文化視為跨領域的研究客體。
12 Susan Sontag. *La Photographie*. Paris: Seuil, 1979. 巴特將該書列入《明室》的參

考書目中,並引用於頁126。
13 Michel Tournier. *Des clefs et des serrures, images et proses*. Paris: Chêne/ Hachette, 1979.
14 或「明日的文盲……」,語出莫荷里-納吉的著作(Gunthert 36)。
15 這些出版品指的是Eugène Atget. *Lichtbilder* (intro. Camille Recht). Paris, Leipzig: éd. Jonquières, 1930; Heinrich Schwarz, *David Octavius Hill, Der Meister der Photographie*. Leipzig: Insel V., 1931; Helmuth Bossert, Heinrich Guttmann, *Aus der Frühzeit der Photographie, 1840-1870*. Francfort, Milan: Sociétäts-Verlag, 1930.
16 提出這一史觀的作者比如上述之H. Schwarz, H. Bossert, H. Guttmann, C. Recht, I. Gall, Erich Stenger等(Lugon 344)。
17 不過,莫德林也嚴正批評班雅明,說他欲以唯物史觀為導,卻僅僅不甚明確地提到畫報業與廣告業的勃興對攝影發展所帶來的必要活力泉源,然而資本主義工業發展演變的背景並未作深入的分析,莫德林視此為班雅明文章的一個弱點(Molderings 36)。
18 莫德林提示我們,在德國1960年代的學運(Studentenbewegung, 1963-68)期間,為人遺忘多時的〈攝影小史〉曾被當作左翼思想在文藝方面主張的一份革命宣言,而再度流傳(Molderings 28-29)。但是此事在德國的影響廣幅如何,在法國方面是否曾得到迴響,仍有待查證。
19 「什麼是『靈光』?時空的奇異糾纏:遙遠之物的獨一顯現,雖遠,猶如近在眼前。靜歇在夏日正午,沿著地平線那方山的弧線,或順著投影在觀者身上的一節樹枝,直到『此時此刻』成為顯象的一部分——這就是在呼吸那遠山、那樹枝的靈光。」(班雅明 34)
20 有趣的是,班雅明在初版中論及阿特傑的段落,是以他所自藏的克魯爾(Germaine Krull)攝影作品來取代(或代表?),題材與阿特傑的「商店櫥窗」相同。
21 〈攝影小史〉的幾個重要論點尚待日後由〈技術複製時代的藝術作品〉一文接續補充與發展。然而,莫德林說得好,他認為〈攝影小史〉自有其不可取代的地位,「處於草稿的狀態:以個人方式來表現馬克思主義與布爾喬亞智慧共組成之星座,不可複製且史上唯一,……是未完成的——有如一件沉思中的軀幹雕像,

『未完成性』即其本身的美學形式」（Molderings 46-47）。而達米胥（Hubert Damisch）在〈攝影小史〉出刊五十週年（1981）的一篇紀念文中認為，攝影雖不比繪畫更能推動歷史（作為政戰工具），但仍能「撼動思想」（Damisch 29），算是對該文得失的評價。
22 此外，自戰後以來，班雅明格外欣賞的阿特傑與桑德，也一直穩固地擁有經典大師的地位。
23 或許當時原本關心攝影的人對《新觀察者》的圖像仍有印象，巴特引用其圖片便是明顯的事實，他自己先講明出處亦可免引人疑議。只是時隔多年，現今讀者已無法知道其由來了。
24 圖片說明末之括弧內所附的數字為原1980年法文版圖片頁碼。
25 Anton Van Dalen. « photos retrouvées, Times Square, 1963-70 ». photomaton.
26 比如黑奴加斯比、騎馬的維多利亞女王以及刺客拜恩等，巴特都從《新觀察者》獲知重要的背景訊息，供其衍伸聯想。而沙佛釀・德・布拉札的三人合照以及泛・德・吉攝的家庭肖像圖說內容，也提供了很有用的歷史及社會符號分析，巴特也隨之採用。
27 關於「知面」與「刺點」的互補關係，請參看許綺玲論文：〈「事後靜下來，不由自主悟得─引向盲域的局部細節？」──談《明室》中「刺點」的幾個定義矛盾〉，《中外文學》，第27卷第4期316號，1998年9月。
28 André Gunthert在依據〈攝影小史〉初版以法語重新翻譯時，同時作了全部引文出處的詳細考證。朵田戴夫妻的照片故事見於其譯文譯註15, 16（« Petite histoire de la photographie (1931) », *Etudes Photographiques,* Novembre 1996, No. 1. Paris: Société Française de Photographie, 1996. p. 32）。照片故事及分析的中文內容摘要，請參看：〈奇怪的照片小故事：《攝影小史》〉，《糖衣與木乃伊》。台北：美學書房，2001。頁184-185。
29 巴特對這種態度的嚮往與理論化或許最早可溯自他在〈寫作的零度〉中對《異鄉人》書寫的讚賞。但是寫作《明室》的時代，他在法蘭西學院的「中性」（Le Neutre）主題講座應該算是多年哲思的集大成，並因其喪母經驗而更確立為其人生觀。參閱Roland Barthes. *Le Neutre, Cours au Collège de France (1977-78).* Paris: Seuil/IMEC, 2002.

30 這段文字在〈未來的文盲〉一文中卻是被刪除的。

31 巴特在第六章對二十世紀上半的一些現代攝影藝術代表也表達了帶點情緒化的評語：「有時，我竟憎恨起攝影；尤金·阿特傑的老樹根，皮耶爾·布雪（Pierre Boucher）的人像裸照，還有傑曼·克魯爾的重疊印相（僅列舉幾位時代較早的大師）對我有何用？」（巴特 2024: 35）若對照〈攝影小史〉，阿特傑的老樹根可為「汲盡靈光的景物局部照」；有關布雪的裸照，是以其新古典或新即物式的健美人體著名，以新意象偏好的仰角拍攝；他所捕捉的運動選手瞬間動作，令人想到〈攝影小史〉中的一段評論：「曝光那一剎那便足以決定『一位田徑選手是否會成名……』」（班雅明 24）；至於克魯爾，她代表新意象的集大成者，嘗試過各種實驗性技巧和視覺語言，但也同時從事新聞攝影，班雅明收藏有她非常近似阿特傑風格的城市景觀照片。

32 能指1（被拍物）／所指1（看不懂）→能指2（看不懂的被拍物）／所指2（攝影之為藝術）→攝影藝術神話。

33 這裡所謂的「反社會」與「瘋狂」的邊緣化問題，大體上應是指向法國主導政經的中產階級社會。不過，早已對政治立場不再表態的巴特，此處的觀點與其說是他早期讀馬克思、對反動、反革命的批判，不如說更像是吸收了傅科式的歷史觀察結果。

34 值得注意的是，桑德並不如後來所傳言的，受到納粹的嚴厲打壓。根據呂貢的考察，桑德的小部分作品雖曾被查禁，但主要是因受到他（所支持的）共產黨員兒子的牽連，而非因作品本身的內容或形式所致。雖非出自己意，桑德其實也算「左右逢源」，特別是右派對其影作有著諸多自相矛盾的看法，使得桑德的影作一時之間還曾被少數人認為是以「德國原產的新即物」風格來充分表現民族主義意識形態定義下的「德意志人民」肖像（Lugon 116-117）。有關桑德的「神話」是如何在戰後形成的，是另一個值得探討的問題，筆者初步的推測，是這一神話的形成及廣布，與西歐、尤其來自美國影集出版者的詮釋觀點有極大的關聯，就社會大環境之影響來看，戰後美國的反共意識形態，有可能致使桑德的引介者有意無意地忽略或隱埋其子的政黨傾向和遭遇，並穿鑿附會，進而誇大了納粹對其影像威力的高度注意及隨後的迫害行為。

35 阿維東所拍的美國勞工領袖菲力普·藍道夫（Philippe Randolph）被認為具有

「善良」的氣質（巴特 126-127）。巴特且認為在他母親的「冬園相片」中也顯現出「純真」的氣質。

36 雖然班雅明的描述仍屬印象比喻式，但可以想見早期相片有時會有非人肉眼於日常情境所見之光影殘像，比如像早期相片常會出現的「光滲現象」（irradiation）等。

37 葛羅諾斯基對aura作了十分詳盡的字源考證，貫穿了古代神靈、宗教、個人魅力、東方式的「（神）氣」、道德精神，直至十九、二十世紀擬科學研究當中種種的相近觀念與名稱。請參見Daniel Grojnowski. « Les auras de l'˝aura˝: Walter Benjamin », *Photographie et langage*. Paris: Librairie José Corti, 2002. pp. 277-298.

38 對André Gunthert來講，這段文字以及對朵田戴夫妻肖像的想像，其中所提出的時間概念及觀閱照片的私密感受，才是班雅明全文中真正具有創意的部分（Gunthert 50-54）。不過，呂貢根據對當時文獻的比較研究結果，卻認為班雅明的文章無論是史觀、唯物論嘗試、對複製性的關注以及觀看老照片時的懷舊意識，都與時人論點相通（Lugon 343-344; 355-356），只是班雅明的書寫方式或許更耐人尋味。

39 對巴特而言，拍照的瞬間，被拍者的光影留痕是獨一無二的，即使之後由底片不斷翻印正片複本，也無妨每張照片都在見證原初的接觸，那獨一且永不復返的時刻；複本並不能減損觀者（巴特）對這樣的深刻體認。相反的，班雅明在〈技術複製時代的藝術作品〉中則確認傳統藝術品具有的靈光乃取決於獨一無二的存在，因此，可以翻印多次的照片已無此條件（相較之，〈攝影小史〉及其先前文章中的各種靈光定義仍游移不定）。

40 巴特看柯特茲拍的學童照片亦有類似的想像，且因思及未來而帶來故事想像的愉悅沉醉感：「恩斯特可能至今仍健在；但在何處？過得如何？好一部小說！」（巴特 2024: 131）

41 「愛與死」的主題若從私密經驗來講，自然與巴特喪母有關；由此出發，巴特進一步地認為：「攝影的理想演變，在於私人用途的攝影，也就是指攝影關照著與某人建立的愛的關聯；唯有與相中人曾經建立愛的連結，照片才會有其十足的力量，儘管這個連結可能只是潛在的而已。這一切環繞著愛與死而展演開來，非常地浪漫。」（Barthes 1981: 333）但這個十分複雜的議題已超出本文討論的範

圍，僅點到此。
42 《明室》第45章談「氣質」，接著，第46章談「注視」。
43 觀看者與相中人「對看」，觀者在意識上已分裂為二，移情對方，而警覺到自己（此在的觀看者）並不存在於對方（過去的相中人）的注視中，這種虛妄的「相互主體性」至終是觀看主體在自我投射中意識到自己非但不是被看的客體，且在相中人的目光中化為烏有。近似於此的推論，但涉及被拍者看著相機卻得不到目光回應，也曾出現在班雅明〈談波特萊爾幾個主題〉的文章裡，請參看Walter Benjamin. « Sur quelques thèmes baudelairiens », *Essai 2 1935-1940*. Paris: Denoël / Gonthier, 1971. p. 187.
44 班雅明的「靈光」除了攝影之外，也以各種層次差異的定義出現於繪畫、一般藝術品、自然賞景、觀戲、普魯斯特式的非自願回憶景象，以及迎對一個此在對象物出現於眼前時，所感受到的、充滿感動的、特別是私密的接受經驗（Grojnowski 285-289）。
45 也就是〈未來的文盲〉刪去之第一大段中出現的「靈光」定義。
46 不過，葛式此處的闡述和原來班雅明的看法略有不同：在〈技術複製時代的藝術作品〉一文中，班雅明提到現場舞台演員其本人之在場「此時此地性」的演出才構成其人之「靈光」，即臨場感魅力；這樣的靈光魅力在電影的機械再現中必然要犧牲掉。基本上在該文中，班雅明已完全否絕複製技術相關藝術（電影、攝影）有靈光存在的可能性了。請參看Walter Benjamin, « L'oeuvre d'art à l'époque de sa reproductibilité technique », *Oeuvres III*. Paris: Gallimard, 2000. p. 291.
47 浪漫主義者在欣賞大自然美景時，也是當成一個「景觀」（spectacle）甚至是一幅「藝術品」來欣賞，其美的讚歎至終將轉為對於大自然藝術品的創造者，即造物主或上帝的讚美，並見證其存在。典型的例子如夏朵布里昂（François-René de Chateaubriand）在《基督教精髓》（*Le Génie du christianisme*, 1802）裡的大自然描寫文。
48 「辨識知面，即註定要迎對攝影者的意圖，要與之共處，或者贊同，或者不贊同，但必定可以理解，可以在心中思辨，因為（知面所倚藉的）文化即是創作者與消費者之間的一項契約。知面是一種教養（知識和禮儀），教我能夠認出操作者，能夠體驗其創作的動機目的……。」（巴特 2024: 51-52）

## 參考書目

Arrouye, Jean. « La photographie selon Italo Calvino », *La Photogrpahie au pied de la lettre*. Aix-en-Provence: Publications de l'Universitéde Provence, 2005. pp. 263-271.

Barthes, Roland. *roland BARTHES par roland barthes*. Paris: Seuil, 1975.

——. *La Chambre Claire*: *Note sur la photographie*. Paris: Cahiers du Cinéma, Gallimard, Seuil, 1980.

——. *Le Grain de la voix, Entretiens 1962-1980*. Paris: Seuil, 1981.

——. *Le Neutre, Cours au collège de France (1977-1978)*. Paris: Seuil, IMEC, 2002.

Benjamin, Walter (traduit par Maurice de Gandillac). « Les analphabètes de l'avenir », *Le Nouvel Observateur. Spécial Photo* No. 2, Novembre 1977. pp. 7-20.

——. (traduit par André Gunthert). « Petite histoire de la photographie (1931) », *Etudes Photographiques*, Novembre 1996, No. 1. Paris: Société Française de Photographie, 1996. pp. 6-39.

Damisch, Hubert. « L'intraitable », *La Dénivelée: A l'épreuve de la photographie*, essai. Paris: Seuil, 2001. pp. 14-24.

——. « Agitphot: Pour le cinquantième anniversaire de la « Petite histoire de la photographie » de Walter Benjamin », *La Dénivelée: A l'épreuve de la photographie, essai*. Paris: Seuil, 2001. pp. 25-29.

Didi-Huberman, Georges. « Connaissance par le kaleidoscope. Morale du joujou et dialectique de l'image selon Walter Benjamin », *Etudes Photographiques,* mai 2000, No. 7. Paris: Société Française de Photographie, 2000. pp. 4-27.

Frizot, Michel. « La Modernité instrumentale, note sur Walter Benjamin », *Etudes Photographiques*, Novembre 2000, No. 8. Paris: Société Française de Photographie, 2000. pp. 111-123.

Grojnowski, Daniel. « Les auras de l''aura': Walter Benjamin », *Photographie et langage*. Paris: Librairie José Corti, 2002. pp. 277-298.

——. « Roland Barthes et le mystère de la Chambre Claire », *Photographie et langage*. Paris: Librairie José Corti, 2002. pp. 299-316.

──. « Une image énigmatique », *Photographie et langage*. Paris: Librairie José Corti, 2002. pp. 316-332.

Gunthert, André. « Le temps retrouvé: Walter Benjamin et la photographie », *Jardins d'hiver: Littérature et photographie*. Paris: Presses de l'Ecole Normale Supérieure, 1997. pp. 43-54.

Jimenez, Marc. « Le retour de l'aura », *Revue d'esthétique, Walter Benjamin, hors série*. Paris: Editions Jean-Michel Place, 1990.

Lugon, Olivier. *La Photographie en Allemagne: anthologie de textes (1919-1939)*. Nîmes: Editions Jacqueline Chambon, 1997.

Molderings, Herbert. « L'esprit du consturctivisme. Remarques sur la « Petite histoire de la photographie » de Walter Benjamin », *Etudes photographique*. Mai 2006, No. 18. Paris: Société Française de Photographie, 2006.

*Le Nouvel Observateur, Spécial Photo* No. 1-7, 1977-79.

Shawcross, Nancy M.. *Roland Barthes on photography, The Critical Tradition in Perspective*. University Press of Florida, 1997.

von Amelunxen, Hubertus (traduit par V. Meyer). « D'un état mélancolique en photographie. Walter Benjamin et la conception de l'allégorie », *Revue des sciences humaines*, t. LXXXI, No. 210, avril-juin 1988. pp. 9-23.

強納森・柯拉瑞。《觀察者的技術——論十九世紀的視覺與現代性》。台北：行人出版社，2007。

華特・班雅明。《迎向靈光消逝的年代》。台北：台灣攝影工作室，1998。

羅蘭・巴特。《明室——攝影札記》。台北：台灣攝影工作室，1997年12月（修訂版）。

羅蘭・巴特。《明室——攝影札記》。台北：時報文化出版，2024年3月（二版）。

許綺玲。〈「事後靜下來，不由自主悟得─引向盲域的局部細節？」──談《明室》中「刺點」的幾個定義矛盾〉，《中外文學》，第27卷第4期316號，1998年9月。頁94-112。

許綺玲。〈奇怪的照片小故事：《攝影小史》〉，《糖衣與木乃伊》。台北：美學書房，2001。頁183-188。

## 本書收錄文章原出處

1.

〈業餘頌：關於羅蘭・巴特與《明室》一書〉，《明室──攝影札記》，台北：臺灣攝影季刊、台灣攝影工作室，1995年1月初版／1997年12月修訂版。

2.

《糖衣與木乃伊》攝影與文學隨筆（原刊於1998年9月至2000年11月間《新朝藝術》雜誌的專題系列文章合集；同一期間，每月每期出刊日也同步刊載於《中國時報》副刊）。台北：美學書房，2001年1月。

3.

〈日常與無常：讀巴特《服喪日記》〉，《中外文學》第40卷第1期，2011年3月。頁145-177。

〈尋找《明室》中的〈未來的文盲〉……〉，國立中央大學文學院藝術研究所《藝術學研究》期刊第4期，2009年4月。頁53-85。／其後收入《近代肖像意義的論辯》專書。台灣聯合大學系統文化研究國際中心出版系列，國立陽明大學人社院視覺文化書系。台北：遠流出版，2012年4月。頁318-345。

國家圖書館出版品預行編目（CIP）資料

閱讀《明室》：隨筆寫真 / 許綺玲著. -- 初版. -- 桃園市：
國立中央大學出版中心；臺北市：遠流出版事業股份有
限公司, 2025.07
　　面；　公分
　　ISBN 978-986-5659-80-6（平裝）

863.55　　　　　　　　　　　　　　　114007997

# 閱讀《明室》：隨筆寫真

著　　者――許綺玲
執行編輯――王怡靜
總 編 輯――蔣竹山

出版單位――國立中央大學出版中心
　　　　　　桃園市中壢區中大路300號
　　　　　　遠流出版事業股份有限公司
　　　　　　台北市中山北路一段11號13樓

展售處／發行單位――遠流出版事業股份有限公司
地址――台北市中山北路一段11號13樓
電話――(02) 25710297　傳真――(02) 25710197
劃撥帳號――0189456-1

著作權顧問――蕭雄淋律師
2025年7月 初版一刷
售價――新台幣350元
如有缺頁或破損，請寄回更換
有著作權・侵害必究 Printed in Taiwan
ISBN 978-986-5659-80-6（平裝）
GPN 1011400593

YL▪遠流博識網 http://www.ylib.com　E-mail: ylib@ylib.com